내 시대의 초상

이윤기 연작장편소설
내 시대의 초상

펴낸날_2003년 10월 8일

지은이_이윤기
펴낸이_채호기
펴낸곳_(주)**문학과지성사**
등록번호_제10-918호(1993. 12. 16)

주소_서울 마포구 서교동 363-12호 무원빌딩(121-838)
편집_338)7224~5   FAX 323)4180
영업_338)7222~3   FAX 338)7221
홈페이지_www.moonji.com

ⓒ 이윤기, 2003. Printed in Seoul, Korea

ISBN 89-320-1453-1

내 시대의 초상

이윤기 연작장편소설

문학과지성사
2003

차례

샘이 너무 깊은 물 7

뿌리 너무 깊은 나무 56

어디서 많이 본 듯한 얼굴 110

호모 비아토르 152

작가의 말_ '나의 시대'에 대하여 202

샘이 너무 깊은 물

신부는 초록 저고리 다홍치마로 겨우 귀밑머리만 풀리운 채 신랑하고 첫날밤을 아직 앉아 있었는데, 신랑이 그만 오줌이 급해져서 냉큼 일어나 달려가는 바람에 옷자락이 문 돌쩌귀에 걸렸습니다. 그것을 신랑은 생각이 또 급해서 제 신부가 음탕해서 그 새를 못 참아서 뒤에서 손으로 잡아다니는 거라고, 그렇게만 알곤 뒤도 안 돌아보고 나가 버렸습니다. 문 돌쩌귀에 걸린 옷자락이 찢어진 채로 오줌 누곤 못 쓰겠다며 달아나 버렸습니다.

그러고 나서 40년인가 50년인가 지나간 뒤에 뜻밖에 딴 볼일이 생겨 이 신부네 집 옆을 지나다가 그래도 잠시 궁금해서 신부방 문을 열고 들여다 보니 신부는 귀밑머리만 풀린 첫날밤 모양 그대로 초록 저고리 다홍치마로 아직도 고스란히 앉아 있었습니다. 안스러운 생각이 들어 그 어깨를 가서 어루만지니 그때서야 매운재가 되

어 폭삭 내려 앉아 버렸습니다. 초록 재와 다홍 재로 내려앉아 버렸
습니다.　　　　　　　　　　　—미당 서정주의 시「신부」온마디

이 이야기 아름다운 것, 알 것도 같고 모를 것도 같았다. 아름답
다고 내놓고 말해본 적도 없다. 어떻게 아름다우냐고 누가 물으면
도랑 뛰어건너다 깡그리 잊어버려 몰라져버리듯이 그렇게 깜빡
몰라져버릴 것 같았기 때문이다. 스무 살 안팎 무렵부터, 이 시를
읽고 나면 우스워지기도 하고 속이 짠해지기도 하고 그랬다. 웃음
이 입가로 실실 새어나오려고 하는가 하면 속이 몹시 짠해지고,
속이 몹시 짠해지다가도 또 실실 웃음이 나고 그랬다. 웃음이 입
가로 실실 새어나오려고 했던 것은, 쉰 살도 안 되었을 때부터
'늙은 장난꾸러기' 노릇을 지겨운 줄 모르고 해쌓던 미당 선생이
꼭 그러면서 시를 읊조렸을 것이라는 짐작 때문이고, 짠하게 느껴
졌던 것은 신랑 신부가 꽃 피우고 열매 매달리게 하지 못한 사랑
줄거리가 어리석고도 아프게 느껴졌기 때문이다. 그것밖에 없다.
더하기 빼기를 할 수 없는, 참 고약하게 아름다운 이야기였다. 이
이야기는 또 참으로 묘한 데가 있어서 몇 년 잊어버리고 있다가도
내 기억 어느 언저리에 불현듯이 나타나 때없이 서성거리고는 한
다. 좋은 차를 마시면, 그 향기 없는 듯이 사라졌다가도 한참 뒤에
문득 침샘 언저리를 그리운 잔향(殘香)으로 인색하게 어르대듯
이 그렇게 서성거리고는 한다. 그래서 묵은 시집 뒤져 여기 베껴
썼다.

이제 나는 감히 이 이야기와 아주 비슷한 이야기 한 자락이 있어서 펼쳐보려고 한다. 어려울 터이나 이 이야기의 대구(對句) 될 만한 이야기 한 자락, 장대에다 걸어보고자 하는 것이다. 내가 지어거는 것이 아니다. 내가 무슨 수로 저 미당 선생의 절창(絶唱) 건너편에다 대구를 지어 장대에다 걸 수 있으랴? 세상이 벌써 지어서 세워놓은 것이 있어 나는 써서 전할 뿐이다.

또 한차례 미당 선생한테 노래 한 구절을 꾸어야 할 것 같다. 빚을 자꾸 진다. 미당 선생은 한 스님이 빨갛게 익은 대추 따먹는 걸 가만히 보고 있다가 「중이 먹는 풋대추」라는 노래를 짓는데, 아무래도 이 시 역시 낄낄낄낄 웃으면서 지은 것 같다.

이차돈의 목을 베니
젖이 났더란 말을 듣고
열다섯 살에는 낄낄낄낄 웃더니만

저 화상(和尙)은 올가을 대추나무의 대추에
몸 속의 핏빛을 모두 꾸어주어 버리고
냉수물만 쫄쫄쫄 담고 있다가

시월 상달에
너무 심심하여서
채권으로 꾸어준 걸

그 대추한테서 지천으로 다시 받아들이고 있다

에누리도 해 가며
기러기 햇빛 속에서
지천으로 다시 받아들이고 있다

나 역시, 매운 재가 되어 폭삭 내려앉아버린 신부 이야기를 처음
읽었을 때 '저 화상'처럼 낄낄낄낄 웃어넘겼다. 우스워지기도 하고
속이 짠해지기도 한 것은 그뒤의 일이다. 열다섯 살 전후, 이차돈
의 목을 치니 젖빛 피가 솟구치더라는 신라 역사를 처음 읽었을 때
도 '저 화상'처럼 낄낄낄낄 웃어넘겼다. 경주 국립 박물관에 가면,
젖빛 피 솟구치는 장면을 새긴, 서너 살 되는 아이 키만한 '이차돈
순교비(殉敎碑)'도 있다. 그런데도 나는 그저 낄낄 웃었다. 사람의
피가 어찌 붉지 않을 수 있대요? 사람의 피가 어찌 젖빛일 수 있대
요? 나는 그렇게 더하기 빼기를 하면서 철들고 나서도 십 수년 넘
는 세월을 건너왔다. 그런데 몇 년 몇 월이라고 또라지게 꼬집어
말할 수는 없지만, 어느 날 어느 순간부터 옛 이야기들이 믿어지기
시작했다. 남의 나라 전쟁터로 팔려가, 사람들이 픽픽 죽어나가는
것을, 전쟁터의 팽팽한 긴장을 이기지 못해 미치광이처럼 소리를
지르면서 적진으로 뛰어들어가다가 적의 일제 사격에 갈가리 찢어
지는 사람들을 두 눈으로 똑똑히 본 뒤부터일 것이다. 갑자기 옛
이야기들이 믿어지기 시작했다. 책에서만 읽을 수 있는 것들을 나

는 많이 경험했다. 그랬더니 책에 씌어진 것들, 입에서 입으로 전해지는 많은 이야기들이 실제로 있었던 것으로 믿어지기 시작했다. 믿어지기 전까지 내 오래된 추억은 모두 흑백 화면으로만 전개되었다. 믿어지기 시작하고부터 자연의 색깔인 천연색을 되찾는 것을 나는 경험했다. 허튼 꿈조차 천연색으로 꾸기 시작한 것도 그 어름이다.

그래서 나는 이제 웃을 수가 없다. 저 화상을 보라. "이차돈의 목을 베니/젖이 났더란 말을 듣고/열다섯 살에는 낄낄낄낄 웃더니만", 이제는 "대추나무의 대추에/몸 속의 핏빛을 모두 꾸어주어 버리고/냉수물만 쫄쫄쫄 담고 있"을 수도 있고, 대추한테 꾸어주었던 핏빛을 기러기 햇빛 속에서 다시 받아들일 수도 있다. 이제는 믿어야겠다. 어떻게 믿지 않을 수 있는가? 가동(佳洞) '새미 할매'가 내 옆에서, 나 모르게 '질마재 신화' 같은 이야기 한 자락을 살고 갔다는데 내가 어떻게 믿지 않을 수 있겠는가? 나도 이제 맹물만 흐르던 전설의 핏줄을 순정한 핏빛으로 물들여야겠다. 아, '새미 할매'.

일요일 오후, 뒷짐 지고 전람회 돌아다니는 재미를 21세기 들어 새로 붙였다. 때는 늦가을이 좋고, 곳은 서울의 광화문 어름이 좋다. 광화문 어름의 늦가을은 특별하다. 깊은 숲 거느린 고궁들이 옹기종기 모여 있어서 이 어름이면 단풍 보기와 낙엽 밟기를 넉넉하게 할 수 있어서 그렇다. 이름과 얼굴을 아는 작가의 전시회일 경우는, 술을 한잔 사 먹이거나 얻어먹거나 할 수 있으니 즐거움이 곱으로 늘어난다. 이름도 얼굴도 모르는 작가의 전시회일 경우는, 술을 한잔 사 먹이는 부담도 얻어먹는 부담도 없으니 그 홀가분함 역시 일요일 해거름에 어울리는 즐거움이다. 늦가을 광화문 어름 의 전시회 찾아다닌 지가 벌써 두 해째 되었다. 낙엽 밟으며 늦가 을의 광화문 어름을 걸으면, 35년 전 경복궁에서 가까운 마을 가동 에서 사글세 방 얻어 자취하던 시절의 싸늘한 방바닥 촉감이 먼저 기억에 떠오른다. 코끝으로, 그 시절에 지겹게 먹던 라면의 밀가루 냄새, 찬 바람의 냉기 섞인 연탄 가스 냄새가 훅 기억의 코끝을 스 치기도 한다. 그보다 더 싸아하게 진한 기억도 있다. 낙엽 밟으며 늦가을의 광화문 어름을 걸으면, 신춘문에 응모 작품 봉투 여러 개 들고 다니던 젊은 시절의 기억도 함께 떠오른다. 광화문 어름은 신 문사들이 모여 있는 곳이기도 하다. 벌써 추억이 되어 있구나. 신 문사 수위실에 봉투 다 돌리고 빈손으로 돌아서던 때의 뒤통수 허 전함이여. 손 탈탈 털고 값싼 술집에서 혼자 소주 사 마실 때의 근 거 없던 충만함이여.

김수로와 재회한 곳도 늦가을의 광화문 어름, 정확하게 말하자 면 가동 골목길 초입이다. 사진 전시회가 열리고 있던 가동 갤러리 앞에서 그를 만났다. 50대 사진 작가가 찍어 모은 '한국의 겨울 산 들' 사진 전시회였다. 늙어 죽은 주목(朱木)이 「세한도(歲寒圖)」 소나무처럼 서 있는 지리산 상상봉 사진도 있고, 대지의 뼈대인 거

대한 화강석 무늬를 우람한 옆구리로 드러내는 설악산 사진도 있었다. 칼날 같은 초생달이 싸늘하게 걸려 있는 영암의 월출산 사진, 중국의 명산을 조그맣게 줄여놓은 듯한 해남 달마산 사진도 있었다. 산불 지나간 강원도 고성 야산의 설경은 볼 만했다. 푸짐하게 내려 쌓인 눈은 산불에 그슬린 나무를 더욱 처참하게 보이게 했다. 눈 덮인 능선의 부드러운 곡선은, 우듬지를 태운 채 참담하게 서 있는 나무들의 마른 어깨뼈를 토닥거리는 것 같았다. 하지만 서울 인근의 관악산 사진과 청계산 사진 앞에서부터 나는 불편해지기 시작했다. 사진 작가는 관악(冠岳)에서 '악(岳)'을 찍는 데도, 청계(淸溪)에서 '계(溪)'를 찍는 데도 실패하고 있어서 그랬다. 사진 작가가 중부 이북 출신이어서 그랬을까? 경주 남산의 설경을 찍은 사진이 눈에 거슬렸다. 경주는 남녘이어서 눈이 많이 내리지 않는다. 석불이 많아 '지붕 없는 박물관'으로 불리기까지 하는 남산에서 굳이 설경을 취한 작가의 안목도 마음에 걸렸다. 내 심정을 내내 불편하게 한 것은 산의 다양한 모습 중에서 높고 우람한 모습만을 취한 그 사진들이 내는 한결같은 목소리들이었다. 목소리가 하나같이 너무 높고 퉁명스러웠다. 소음 공해 현장의 한복판 같아서 오래 있을 수가 없었다.

문득, 우물과 샘을 찍어보면 재미있겠구나 싶었다. 물이 자연히 새어나오거나 솟아오르는 샘 사진, 사람의 손으로 판, 사람의 손때가 묻은 우물 사진을 찍으면 재미있겠구나 싶었다. 먼저 떠오른 것은 샘이었다. 인왕산에서 북한산을 거쳐 도봉산으로 이어지는 높은 산 중간중간에 박혀 있는, 노년기 화강암 사이로 솟는 전형적인 우리 옹달샘들을 찍었으면 좀 좋을까 싶었다. 옹달샘이면 더욱 좋지 않으랴. 하늘을 담은 채, 두텁게 쌓인 눈 속에서도 빠끔히 얼굴을 내밀고 가만히 촐랑거리는 옹달샘, 노란 싸릿잎 몇 개 띄우고 희롱하는 그런 옹달샘을 찍었으면 좀 좋으랴 싶었다. 금줄이 걸려 있어서, 공연히 신성스러워 보이는 야산 약수터도 좋지. 쇠파이프 해박지 않은 약수터면 더욱 좋지. 장대석(長大石)으로 우물 정자(井字) 모양의 가두리를 지은 민속 박물관의 정자샘〔井字泉〕, 전남 구례의 담물샘, 월출산 구정봉의 구정봉샘도 괜찮지. 박혁거세 신화의 현장인 경주시 탑동(塔洞) 양산(楊山) 기슭의 나정(蘿井)이나, 혁거세의 아내 알영의 탄생지인 오릉(五陵)의 알영정(閼英井), 경복궁의 어정(御井)이었던 열상진원(洌上眞源), 창덕궁에 있는, 샘이라기보다는 작은 폭포 모양에 가까운 옥류천(玉流川), 창경궁의 아름다운 지당(池塘)…… 이런 샘들보다 내 마음에 먼저 떠오른 것들이 옹달샘이었다. 그런 샘들의 사진으로 '우리나라 옹달샘' 같은, 조그맣고 조용한 사진전을 누가 열어주지 않나…… 이런 생각을 앞뒤 없이 하면서 전시회장을 나왔다.

전시회장에서 나와, 가동 골목으로 올라가볼까…… 말까…… 망설였다. 오래전, 이태 가까이 사글세 방 얻어 자취하던 가동 골목이 지척에 있었다. 어쩌다 한마디씩 얻어들은 소식에 따르면, 여전히 그 마을에 살고 있는 그 시절 사람들도 허다하다 했다. 그런데 골목 따라 올라가 옛사람들 만날 경우, 늙도 젊도 않은 나이에 대뜸 회고조(回顧調)로 떨어지는 것이 싫었다. 더구나 서발 장대 휘둘러도 걸릴 것 없어 보이는 일요일 오후가 아니었던가? 술잔 돌리면서, 짧은 만남에서 많은 것들을 풀어내어야 하는 말의 불경제(不經濟)가 마음에 걸렸다. 떠돌면서 살아온 나에게는 그런 경험이 풍부했다. 그래서 가만히 발길을 돌리려는 참이었다.

가동 골목을 따라 전시회장 쪽으로 내려오다 말고 가만히 서서 나를 관찰하는 사내가 있었다. 나도 곁눈질로 관찰했다. 쭈밋쭈밋거리면서 관찰하는 것이 아니었다. 가까이 다가와 요모조모 뜯어보는, 대담하고 노골적인 관찰이었다. 아니, 확인이었다. 일요일에 정장하고 있어서 전시회 구경 다니기를 좋아하는 사람 같지는 않았다.

"혹시……."

사내가 이러면서, 아무개 씨 아니세요 하고 물었다. 내가, 그런데요 하면서 고개를 끄덕였다. 만나본 적 있는 것 같기도 하고 없는 것 같기도 했다.

"아, 역시 아저씨였구나!"

나는 40대 후반의 '썩음썩음'한 사내로부터 '아저씨' 소리를 들을 만큼 나이를 먹은 사람이 아니다. 나를 대뜸 '아저씨'라고 부르는 이자는 누구인가? 나는 예나 지금이나 '아저씨'라고 불리는 데 익숙해 있지 않다. 내가 누구던가? '학생'이라고 불리던 게 엊그제 일 같은데 벌써 지하철 타면 자리가 나는 사람이다.

"아저씨, 저 김수로예요, 김수로! 옛날 가동 살던…… '할매 새미' 골목 있잖아요?"

"아, 김수로! 생각난다. 그래 '할매 새미' 골목! 그 골목에 '새미 할매'가 있었지!"

무의식이 혹은 망각이 막막한 암반 같은 것이라면 의식 혹은 기억은 그러면 어떤 것일까? 의식이나 기억은, 암반 사이로 솟아오르는 샘과 많이 닮은 것 같다. '할매 새미 골목'이라는 말을 듣는 순간 어린 시절의 김수로 모습이, 오래 잊고 있던 망각의 암반 사이로 샘처럼 솟아올랐다. 그때는 국민학생이었다. 5,6학년이었던 것 같다.

'우리나라 옹달샘' 같은, 조그맣고 조용한 사진전을 누가 열어주지 않나…… 이런 생각 하면서 전시장을 나설 때까지만 해도 나는 '할매 새미'를 전혀 떠올리지 못했다. 만일에 '할매 새미'를 희미하게나마 떠올렸다면 김수로네 가족들 모습도 함께 떠올렸기가 쉽다. 만일에 떠올렸다면 그 시절에 내가 자주 훔쳐보고는 하던, 수로의 누나 수진이의 모습을 떠올렸을 가능성이 가장 높다. 하지만 나는 '할매 새미'를 전혀 떠올리지 못했다. 김수로가 '할매 새미'라고 하는 순간, '할매 새미'는 전시회장 앞에서 떠올리던 수많은 샘들 중에서 으뜸가는 샘으로 떠올랐다. 김수로가 그것을 촉발한 것이다. 그것은 우연이 아니다. 아무래도 운명 아니면 필연이 우리를 그 골목으로 다시 불러모은 것 같다. 이름이 웃기던 아이 김수로를 다시 만나지 않았다면 나는 '새미 할매'를, '할매 새미'를 떠올리지 못했을 것이다. 김수로가 내게 던진 '할매 새미', 이 한마디가 해묵은 압축 파일을 드르륵 돌린 것이다. 한 조락한 '샘'에 대한 우리의 추억을 환기시킨 탓은, 우람한 산들만 울근불근 솟게 하는 이 시대에 돌려도 좋으리라.

'할매 새미'는 '할머니 샘'이다. '새미 할매'는 '샘 할머니'다. 그런데 '할머니 샘'이 아니고 '할매 새미'였다. 서울 한복판, 그것도 경복궁 지척의 가동에 살던 할머니는 어째서 '할매'가 되었고, '샘'은 '새미'로 불리게 되었는지, 그것은 제대로 설명해낼 수 없다. 복합 명사의 운율 때문이었을까? '할머니 샘'을 가치 중립적인 호칭으로 만든 것이 '할매 새미'였던 것일까? 잘 모르겠다. '할매'의 말투에 가끔씩 내비치던 경상도 사투리의 잔영 때문이었을 가능성도 있다. 어쨌든 1960년대 말, 서울 한복판, 그것도 경복궁에서 지척인 가동에 살고 있던 할머니는 '할매'로, 그 할머니가 지키던 샘은 '새미'로 불렸다. '사투리 찍찍 내뱉는다'는 이유로 서울 사람들이 지방 사람들을 적지 않게 기죽이던 시절이었다. 독재자 박정희에 대한 증오가 경상도 억양에 대한 혐오감으로 직선으로 이어지던 시절이었다. 상경 직후, 볼일이 화급하게 된 나는 경상도 억양으로 화장실 좀 쓰게 해달라고 말했다가 토박이 서울 사람들로부터 이런 말을 들은 적도 있다.

"아무 데나 싸세요. 당신네들 세상인데 뭐 어때요?"

그토록 지방 사람들 업신여기던 토박이 '서울내기'들에게도 할머니 별칭은 '새미 할매', 할머니가 지팡이 하나로 지키고자 하던 샘은 '할매 새미'였다. 35년 만에 만난 서울 토박이 김수로에게도 여전히 '할매 새미'였다. '할머니 샘' '샘 할머니'가 아니었다.

40대 후반의 김수로가 겨우 8년 연상인 나를 '아저씨'라고 부르는 데는 까닭이 있다. 그와 내가, 각각 주인집 아들과 '문간방 학생' 신분으로 한 집에 산 것은 1967년과 1968년의 일이다. 근 2년 가까이, 나는 학교를 휴학하고 입대를 준비하고 있던 학생이었고 김수로는 국민학교 5,6학년이었으니, 국민학교 학생의 눈에 대학생이었던 나는 당연히 '아저씨'였을 터이다. 모교에서 가르친다고 했다. 국문학과 교수라고 했다. 김수로를 만나고 보니, 서재를 뒤집어 정리하다가, 현상하지 못한 35년 전의 흑백 필름 한 통을 우연히 발견한 그런 기분이었다. 35년 전의 흑백 필름을 현상하는 일이 지금 과학적으로 가능한 일인지 불가능한 일인지 그것은 모르겠다. 하지만 현상할 수 있으면 좀 좋으랴. 아득한 옛날에 잊고 있던 흑백 필름을 현상하는 일은 일상의 무한 복제가 심정적으로 가능한 시대에 내가 마련할 수 있는 정서적인 대처 방안 같은 것이었다. 옹달샘에 대한, 아련하고도 게으른 그리움 때문에 내 마음은 빠른 속도로 그런 상태에 도달했던 것 같다. 나는 김수로를 붙잡아 앉히고 옛 이야기를 들어보고 싶었다.

35년이, 재회한 그 자리에서 속내를 나누기로는 너무 긴 세월이기는 하다. 하지만 그 긴 세월을 한순간에 소거(消去)해버릴 만한 아주 특별한 관계도 있는 법이다. 내 속에서 불쑥 튀어나오려던 첫마디가, "너희 누나는 시방 어디 사니"였으니 말 다 했지. 그와 나는, 문화와 관련이 있는 비슷한 업종 종사자라서 근황이 서로서로 노출되어 있는 그런 특별한 관계이기도 하다. 사람과 사람의 관계 중에는, 오래 만나지 못한 채로 지내면서도 늘 만나는 것으로 착각하게 되는 관계도 있다. 나와 김수로의 관계도 그랬다.

"아직도 여기 산다며? 글쓴 거 읽었다."

"이상하게 안 떠나져요."

"졸업한 대학 옆을 평생 못 떠나고 사는 사람도 있어. 부모님은?"

"돌아가신 지 오래되었어요."

"옛날 집 그대로 있고?"

"에이, 언제 적 일인데요? 그때 벌써 눈만 세게 흘겨도 풀썩 주저앉을 것 같았는데? 저는 근처 빌라에 살아요."

"그러고 보니 옛날 집 앞에 샘이 있었다. '할매 새미'가 있었다."

"누나 안부는 안 물으시네?"

"할머니 되어 있을지도 모르는 네 누나 안부, 내가 궁금해할 것 같아? 그래, 샘이 있었다. '할매 새미', '할매 새미'가 있었다."

"저도 오래 잊고 있었네요."

"그 골목길, 옛 모습 남아 있을까?"

"이 아저씨 되게 웃긴다, 언제 적 일인데……."

"이놈이? 다 컸다고……."

"다 커요? 아저씨도 참, 지금 늙어가고 있다고요."

"그러고 보니…… 네 나이가 마흔 후반이구나. 여덟이지? 반갑구나. 나 만나니까 어린 시절 네 말버릇이 고스란히 살아나는구나."

"옛날 저희 집 자리, 지금 제가 살고 있는 빌라에서 내려다보면 보여요. 저희들 뛰놀던 골목 근처가…… 저긴가 싶기도 하고, 저 건너편인가 싶기도 하고…… 그래요."

"그럴 나이가 벌써 되었구나."

김수로 만난 것이 아무래도 우연은 아니었던 것 같다. 우선 김수로가, 사진전이 열리고 있던 그 화랑 앞에 나타난 것부터가 우연이 아니다. 화랑이 서 있는 자리는, 김수로가 태어나서부터 그때까지 줄곧 살아온 가동 골목의 초입이다. 그는 출타하느라고 느지막이, 오랜 세월 붙박고 살아온 마을 골목길을 내려온 것에 지나지 않는다. 가동 갤러리에 내걸린 작품들이 하필이면 사진들이었던 것도 별로 공교로울 것 없다. 사진 걸어주는 화랑이 거기밖에 없었으니, 겨울 산이 되었든 여름 산이 되었든 그것도 크게 공교로운 일이 아니다. 사진 찍을 필요가 생겨 고화질 디지털 카메라, 건전지가 필요 없는 수동 카메라, 파노라마 촬영 전용 카메라, 이렇게 고급 카메라를 세 대나 갖게 되었으니, 내가 그 많은 전시회 중에서 사진전을 택한 것도 우연은 아니다. 겨울 산 사진전을 보고 나오면서 겨울 옹달샘을 찍고 싶다고 생각한 것도 우연이 아니다. 나는 산을 더 오르기 위해 옹달샘 물을 찾아 마시는 것이 아니고 옹달샘이 보고 싶어서 산을 오르는 사람이다. 내 발길이 경복궁 옆의 가동 쪽으로 향한 것도 우연이라고 볼 수는 없다. 사람의 발길은, 익숙해진 곳으로 향하게 마련이다. 광화문 어름, 특히 정동·화동·가동의 거의 모든 길들은 나에게 익숙하다. 아무래도 '새미 할매'가 나와 김수로를 그리로 불러모은 것만 같다. 어스름녘에 다시 떠올리는 '새미 할매'의 퀭한 눈길과, '할매 새미'를 덮고 있던 음산한 전각(殿閣)은 으스스했다.

"그나저나 여기는 어쩐 일이세요? 신문이나 잡지 같은 데서 더러 뵈어 근황은 짐작하고 있지만요."

"나도 자네 근황이라면 좀 잘 알고 있지. 세월 참 많이 갔어. 코흘리개이던 자네가 대학교수, 그것도 늙어가고 있는 교수라……."

"자주 오세요, 이 근처?"

"이런저런 전시회 보러 다녔어."

"학교로 전화 주시고 마을에 한번 들르시지 않고……."

"아직도 자네가 여기 산다는 건 알고 있었지만, 우리 인연이 부러 찾아 올라갈 만큼 질긴 것은 아니었네."

"아저씨가 '자네'라니까, 하이고, 참을 수 없이 근지러워지네?"

"긴한 약속이 있어서 나가는 길인가?"

"핑계댈 만한 게 없어서 나가던 중이에요. 그런데 아주 유서 깊은 핑계가 생겼네요?"

"옛날의 자네 집 근처, 그러니까 할매 새미 터 근처에 술 마시고 저녁 먹을 만한 집 있을까?"

"없어요. 연립 주택 단지, 빌라 단지로 다 바뀌었어요. 제가 누굽니까? 우리 마을 역사, 슬픈 역사의 산 증인 아닙니까? 올라가서 보시겠어요?"

"……."

불길을 가만히 보고 있으면 온갖 생각이 다 떠올라도 막상 쓰려고 하면, 활활, 이 두 글자에 갇혀 속수무책이 되고 만다. 골목도 그렇다. 나는 '할매 새미'가 있던 가동 골목의 풍경을 그려내고 싶다. 1960년대 후반의 근 두 해를 서울에서 보냈으니, 서울의 골목에 대한 추억거리가 많다. 하지만 그 시절에 읽은 장만영의 시「정동 골목」에 걸려 번번이 속수무책이 되고 만다.

얼마나 우줄대며 다녔었나
이 골목 정동 길을
해어진 교복을 입었지만
배움만이 나에게는 자랑이었다.

도서관 한 구석 침침한 속에서
온종일 글을 읽다
돌아오는 황혼이면
무수한 피아노 소리

피아노 소리 분수와 같이 눈부시더라

그 무렵
나에게는 사랑하는 소녀 하나 없었건만
어딘가 내 아내 될 사람이 있을 것 같아
음악 소리에 젖는 가슴 위에
희망은 보름달처럼 둥긋이 떠올랐다

그후 20년
커다란 노목이 서 있는 이 골목
고색창연한 기와담은
먼지 속에 예대로인데
지난 날의 소녀들은 어디로 갔을까
오늘은 그 피아노 소리조차 들을 길 없구나.

동소문 지나 삼청동 쪽으로 올라가다가 '가동 갤러리'를 끼고 오른편으로 돌아, 양쪽으로 선 붉은 벽돌집 사이로 난 가벼운 오르막 골목길. 가동 골목이었다. 지금 삼청동으로 통하는 큰길 가에는 가동 갤러리 같은 번듯한 건물이 꽤 있다. 하지만 그 뒤쪽은 대도시 중심의 면모를 얻지 못하고 있다. 고궁이나 청와대가 가까워 개발이 상당한 수준까지 제한되고 있기 때문일 것이다. 1960년대 말의 상황도 비슷했다. 고궁이나 청와대는 그 시절에도 지금의 그 자리에 있었다.

경사진 오르막길이었어도 뛰노는 아이들로 사철 붐볐었다. 그 비좁은 골목에서도 아이들은 야구도 하고 축구도 하고 그랬다. 장성한 뒤 다시 그 골목을 찾은 아이들은, 아, 이 비좁은 골목을 우리는 어떻게 운동장처럼 썼던 것일까 하고 고개를 갸웃거렸을 터이다. 골목 양쪽에 들어서 있던 마을은 깊지 않아서 또 하나의 골목길인 줄 알고 따라 들어갔다가 남의 집 안마당으로 들어서서 잠든 강아지 깨우는 일도 더러 있었다. 지금은 폭탄 같은 LPG 가스통을 실은 오토바이들이 난폭 운전으로 지나가고 있을 터인 그 골목길은, 연탄 들여주는 리어카가 오르내리면서 집 앞에다 새카만 연탄을 부리는 바람에 늘 바닥이 검었다. 부서진 연탄재가 항상 나뒹굴어 길에서는 사철 허연 먼지가 풀풀 났다. 그래서 어른들은 구두를 자주 닦아 신어야 했고, 가동 골목길 초입의 구두닦이들은 이따금씩 담당 구역 시비를 칼부림으로 비화시키기까지 했다. 미니 슈퍼에서 물건을 담아주는 까만 비닐 주머니가 바람에 이리저리 날아다니는 골목 안 풍경은 1990년대에 들어와서야 눈에 익게 된다.

마을의 가장 깊은 곳, 가동 골목길 맨 끝에 이르면, 왼쪽으로는 집들이 여전히 한 줄로 이어지지만 오른쪽으로는 집이 한 채씩 두 채씩 줄어들다가 마침내 산이 시작된다. 골목길이 산 쪽으로, 그러니까 오른쪽으로 휘어지다가 다시 왼쪽으로 가파르게 휘어지는 곳, 산을 사람에 견주고, 두 줄기의 작은 산등성이를 사람의 다리에 견준다면 꼭 사타구니가 있어야 할 자리에 해당하는 곳, 아닌 게 아니라 키 작은 관목들이 밀생해 있어 멀리서 보면 다리 벌리고 누운 여자의 사타구니 같은 곳, '할매 새미'는 거기에 있었다.

"'새미 할매'가 어떻게 되었는지 아까부터 궁금했다. 그런데 자네는 말을 무척 아끼는구나."

"……."

반주 곁들여 저녁 먹는 자리에서도 나와 수로의 이야기, 내가 '추억의 압축 파일'이라고 이름지은 과거지사 이야기는 앞으로 쑥쑥 나아가지지 않았다. 파일이 술술 풀리지 않았다. 나는 수로가 '새미 할매' 이야기를 기피하고 있다는 인상을 받았다. 함께하지 못한, 너무 긴 세월 때문일까? 이야기가 지닌, 개개인이 부여하는 의미의 상대성 때문일까? 세상 떠난 아버지의 추억이 거기에 묻어 있기 때문일까?

"왜 아끼는데?"

"바보같이 군다는 인상을 주고 싶지 않아서요."

"바보 같은 인상이라니?"

"생각해보세요. 저는 재미있는 이야기인 줄 알고 줄줄 지껄이는데 아저씨에게는 재미 하나도 없는 이야기라면, 나는 아저씨 앞에서 바보같이 구는 거 아닌가요?"

"그런 걱정 조금도 할 필요가 없다. 나는 옛 이야기를 곧이곧대로 믿는 사람이니까."

"전설 같아도요?"

"전설 같으면 더더욱."

"저는 아버지가 바보인 줄 알았어요."

"어떤 의미에서?"

"'새미 할매'의 말을 곧이곧대로 믿었다는 의미에서요."

"나는 자네 아버지가 바보였다고 생각하지 않는다. 아버지는 예언자였어. 선각자였어."

"정말 그렇게 생각하세요? 스포츠에 관한 한 그런 측면이 아주 없지는 않았지만요."

"그 시절, 나는 어리석었어. 자네 아버지가 엉뚱한 분이라고 생각했던 것은 내가 어리석었기 때문이야."

"제 생각과 꽤 비슷해지네요…… '새미 할매', 돌아가셨어요."

"그걸 내가 왜 모를까. 그때 연세가 벌써 여든 가까웠는데."

"아버지는 어리석은 분이 아니었다는 생각을 요즘 들어 부쩍 자주 해요."

김수로의 집은 바로 '할매 새미' 맞은편에 있었다. 'ㅁ' 모양을 한, 당시 서울에서 흔하게 볼 수 있던 그런 집이었다. 하지만 집이라는 것, 방이라는 것이 지니는 의미가 어떻게 그 모양에 있으랴. 모양과는 상관없이, 집이나 방이라는 것은 거기에 사는 사람들에게는 저마다 고유하게 신성한 공간이라고 나는 생각한다. 누추한 집을 미안해하는 사람을 만나면 나는 주인보다 더 미안해지고 마는데 그 까닭은 주인이 누추하다는 느낌을 벗지 못하는 허물이 나에게 있는 것처럼 여겨지기 때문이다. 수로가 '눈만 흘겨도 무너져 내릴 것 같았다'고 말한 그 집을 떠올릴 때도 나는 늘 미안해한다. 그 집을 서울 어디에서나 볼 수 있는 흔하디흔한 집으로만 인식했지, 한 번도 주인에게는 고유하게 신성했던 공간으로 인식해본 적이 없기 때문이다.

두꺼운 판자로 엮어서 생나무 결이 그대로 드러나 있던 그 집의 대문은 바로 가동 골목에 면해 있었다. 마당 한복판에는 꽤 오래된 석류나무가 있었다. 석류나무 아래만 흙바닥이었을 뿐, 마당의 나머지 부분은 콘크리트 바닥이었다. 석류나무 옆자리가, 그 집안 사람들이 세수도 하고 빨래도 하던 이른바 '수돗가'였다. 그 집의 본채인, 대문에 면해 있던 방 세 개는 주인집 네 식구 차지였다. 본채에 있는 세 개의 방 가운데 내가 들어가본 방은 당시 국민학생 수로가 쓰던 방뿐이다. 하나는 안방이어서 들어가보지 못했고, 또 하나는 나보다 한 살 아래인 여대생 수진이가 쓰던 방이었기 때문이다. 꽉 들어가보고 싶던 방이었다. 들어가면, 겨드랑이가 몹시 행복하게 간지러울 것 같은 그런 방이었다. 지나치면서 어쩌다 맡아본 그 방 냄새가 어쩌면 그렇게도 좋던지. 하지만 끝내 들어가보지 못했다. 좋은 대학 다니던 수진이는 야간 대학 다니는 나를 거들떠보지도 않았다. 나는 마음의 상처 받는 데 그때부터 벌써 익숙해 있었다.

석류나무 왼편 방에는, 문자(文字) 쓰기를 좋아하고 사사건건 껴들기 좋아하는, 그래서 우리가 '꼽사리'라고 부르던 30대 중반의 하사관 출신 정씨 부부가 아기 없이 살고 있었다. 정씨는 별것도 아닌 일을 극비 사항 다루듯 함으로써 자기 말에다 무게를 두려고 하는 버릇이 있었다. 그래서 자기 친구들 이야기를 할 때도 '모 부대(某部隊)'의 '모 중사(某中士)' 하는 식으로 말하기를 좋아했다. 집주인인 수로 아버지의 옛 부하라고 했다. 문자 쓰는 것을 여간 좋아하는 것이 아니어서, 봄을 맞은 수진이가 겨울옷을 산뜻한 봄옷으로 바꿔 입고 나가는 것을 보고 한마디 했다가 수로 아버지에게 혼이 난 적도 있다.

"야, 수진이, '하로등선'이구나."

문제의 한마디다.

'하로등선'은 나에게도 수진이에게도 처음 듣는 말이었다.

"아저씨, '하로등선'이 뭐예요?"

수진이의 물음에 대한 정씨의 대답이 걸작이었다.

"대학생이 뭘 배우나? 고치 벗고 나방이가 되어 훨훨 날아간다는 뜻이다."

옆에서 듣고 있던 수로 아버지의 훈수가 없었더라면 나는 정씨가 조어(造語)한 이 괴상한 사자성어를 끝내 해독하지 못했을 것이다.

"저 사람, 저거. 고치 벗고 나방이 되어 날아가는 거 좋아하네. 이 사람아, '하로등선'이 아니라 '우화등선(羽化登仙)'이야. 날개

달린 신선이 되어 하늘로 훨훨 날아간다는 거지."

"하이고, 그러면 '하로'는 어디서 나온 거유…… 틀림없이 '하로
등선'으로 외웠는데요?"

"'하로등선'이 아니라 '하로동선(夏爐冬扇)'이야. 여름이 되면
쓸모없어지는 게 뭐야? 화로 아냐? 겨울이 되면 쓸모없어지는 게
뭐야? 부채 아냐? 여름의 화로, 겨울의 부채처럼 쓸모가 없는 물건
이 바로 '하로동선'이야, 이 하로동선 같은 친구야."

'꼽사리'는 그날 '화로동선'이라는 별명을 하나 더 얻었다.

석류나무 오른쪽 방에는 가동 초입에서 벌어지고 있는 공사 현
장의 '박소장' 부부가 살고 있었다. 박소장은 '쥐알'이라는 별명
으로 불릴 만큼 몸집이 작고, 키 또한 작았다. 나이가 정씨보다 많
은 것도 아닌데 그 나이에 벌써 이마가 벗겨지고 있었다. 그보다
훨씬 젊어 보이는 부인은, 박소장과는 조금도 어울리지 않게 잘생
긴 얼굴에, 몸집과 가슴이 유난히 커서 흡사 영화배우 같았다. 정
씨는, 목소리 낮추어 말할 때는 박소장 부인을 '김혜정'이라고 했
다. '김혜정'은 당시에 인기 있던 글래머 여배우의 이름인데, 정
씨뿐만 아니라 마을 사람들은, 물론 안 듣는 데서만 그랬지만, 박
소장의 젊은 아내를 '김혜정'이라고 부르기를 좋아했다. 박소장과
'김혜정' 사이에서 내가 많이 불편해했던, 부끄러운 기억도 있다.
박소장의 키는 나보다 머리 하나가 작았다. 몸무게는 내 몸무게의
절반을 조금 넘지 않았나 싶다. '김혜정'이 내 앞을 지나칠 때마

다 한숨을 쉰다는 근거 없는 착각, 박소장이 유난히 나를 경계하는 것 같다는 턱없는 오해를 나는 꽤 많이 했다. 밤마다 그들이 사는 방에서 나는 소리에 유난히 신경을 기울이는 데서 온 착각과 오해였을 것이다. 생각할수록 부끄러운 일이다. 타인에게 강한 인상을 받기보다는 타인에게 강한 인상을 심어주려고 턱없이 서둘러대던 그런 나이였다. 긴 세월이라는 이름의 월사금(月謝金)을 바치고 나서야 나는 그런 것들이 전혀 근거 없는 오해와 착각이었다는 것을 깨닫는다. 지금 내가 하고 있는 생각 또한 오해 아니면 착각일지도 모른다는 자기 검열은 그때나 지금이나 여전히 유효하다.

나는 당시 대문 오른쪽 방에 세들어 있었다. 창이 골목 쪽으로 나 있었다. 골목을 지나는 행상의 고함 소리, 골목에서 노는 아이들의 자지러지는 듯한 웃음소리에 몹시 시달렸던 것으로 기억한다. '벽에 작은 창가로 흘러드는 산뜻한 노는 아이들 소리'를 나는 아름다운 추억으로 간직하고 있지 않다. 당시는 '아하 나는 살겠네, 태양만 비춘다면', 이런 노래를 부를 수 있는 형편이 아니었다. 연탄과 봉지 쌀을 사기 위해 입고 다니던 양복을 팔았던 기억이, 그 시절을 아름답게 떠올릴 수 없게 한다. 지금은 웨딩드레스 맞춤 가게가 줄지어 있는 아현동 굴레방 다리 인근의 가게들이 당시에는 헌옷 사고파는 가게들이었다. 상경하면서 형으로부터 선물로 받아 입었던 양복은 반값밖에 받지 못했다. 양복 저고리가 '스리 보당'이었기 때문이다. 저고리 단추가 세 개인 양복 저고리를 당시에는 그렇게 불렀다. 그 시절 기억이 이렇게 우중충해서 나는 오래 가동 골목을 부러 떠올리지 않으려고 했다. 1990년대에 들면서, 저고리 단추가 세 개인 '스리 보당Three buttons'이 다시 유행하기 시작했을 때 잠시 가동 골목과 신촌의 굴레방 다리를 쓸쓸하게 떠올렸을 뿐이다. 내가 몸붙여 살던 가동 골목의 그 방은 이제 세상에 존재하지 않는다. 세월은 뱃고동 소리와 함께 나의 손을 놓아주었고, 물결은 따라오면서 내 뱃길의 항적을 지웠다.

대문 왼쪽 방이 '할매' 방이었다. '할매' 방에서 골목 쪽으로 나 있는 것은 창이 아니었다. 두 겹으로 된 출입문이었다. 안쪽 문은 장지문, 바깥쪽 문은 두꺼운 판자로 얽은 덧문이었다. 그러니까 '할매'는 대문을 통하지 않고도 방을 드나들 수 있었다. 장지문과 덧문은 한겨울 아니면 늘 열려 있었다. 골목길 건너편에 있는 '할매 새미'를 지키는 일, 그것이 '할매'의 일이었다. 샘을 덮은 전각으로 사람이 접근하면 지팡이를 집어들고 믿어지지 않는 빠르기로 '할매'는 달려나가고는 했다. 할매는 화장실 다닐 때, 잠잘 때를 빼고는 샘에서 눈길을 떼지 않았다. 심지어는 밥 짓고 먹을 때도 할매의 눈은 샘에서 떨어지지 않았다. 그래서 '할매'가 앉아 있는 모습은 그 덧문 옆에 걸려 있는 그림 같았다. 판자로 얽어진, 빤질빤질하게 닳은 덧문 곁에는 역시 빤질빤질하게 닳은 지팡이가 두 개 놓여 있었다. 하나는 '할매 새미' 전각에 접근하는 침입자에게 할매가 휘두르는 유일한 무기, 또 하나는 집 안을 거동할 때 할매가 쓰는 지팡이였다. '할매'를 가장 견딜 수 없게 하는 것은 개들이었다. 묶여 살지 않는 마을 개들이 전각 주위로 몰려들어 오줌 똥 누는 일이 잦았다. '할매'는 개가 나타나기만 하면 오줌 똥을 누기 전에 지팡이로 쫓았다. 전각 옆에서 교미 붙은 개들에게 찬물을 끼얹는 '할매'를 본 적도 있다.

'할매'의 음성은 기억나지 않는다. 거기 살 동안 '할매'라는 존재를 무겁게 생각하지 않았다는 증거다. 할매가 한 말 몇 마디는 지금도 떠올릴 수 있다. 가동 골목 아래쪽에 생닭 잡아 배달해주는 노인이 있었다. 수로네 집에서 닭을 주문했던 모양인데, 배달해준 지 얼마 안 되어 또 한 마리를 잡아 가지고 올라왔다. 문간방에서 바라보고 있던 '할매'는 아까 잡아다 주지 않았느냐면서 노인을 내려보냈다. 그런데 두어 시간 뒤에 노인이 닭을 또 한 마리 잡아 가지고 올라왔다. '할매'가 역정을 내면서 노인을 돌려보냈다. 내가 농삼아 물었던 것 같다. 왜 돌려보내세요, 자꾸 잡아다 주면 좋잖아요? 그때 '할매'가 경상도 사투리 섞인 무뚝뚝한 소리로 반문했다.

"닭값도 저렇게 받으러 오면 어쩌고?"

딸 수진이와, 일곱 살 터울로 낳은 아들 수로의 어머니는 참 무던한 분이었다. 내가 '무던한 분'으로 기억하는 것은 여대생 딸을 두고 있으면서도 연배가 비슷한 나 같은 사내아이에게 방을 빌려

줄 만큼 무던했기 때문이다. 이런 일은 아무 집에서나 일어날 수 있는 일이 아니다. 어머니도 그렇고 딸도 그렇고 말이 별로 없었다. 모녀의 말다툼을 딱 한차례 보고 들은 적이 있다. 오간 말까지 기억에 남아 있다.

"엄마, 우리나라 외무부 장관 이름 알아?"

수진의 말에는 뼈가 들어 있지 않았다.

"몰라."

어머니도 심드렁하게 받아넘겼다. 수진이, 부드럽던 말투를 갑자기 험악하게 다잡아 쥐고는 물었다.

"자기 나라 외무부 장관 이름도 모르는 사람이 왜 딸의 일기장은 들춰보고 그래?"

"……."

이 희한한 대화가 오간 날 밤은 달이 밝았다. 수로 어머니가 석류나무 밑에서, 웃을 일이 없는데도 홍소를 터뜨렸다. 왜 그러세요 하고 내가 물었다. 수로 어머니는 지나가는 말 같기도 하고 혼자 내어보는 것 같은 소리로 내게 물었다.

"학생, 외무부 장관 이름 아는 거와 일기장 훔쳐보는 거, 무슨 상관이 있어?"

당시 40대 중반이던 수로 어머니는, 당시의 여인으로는 드물게도 담배를 꽤 많이 피웠다. 수로 아버지는 담배를 피우지 않았다. 그래서 깊은 밤이면, 안채 마루의 어둠 속에서 담뱃불이 반짝반짝할 때가 많았다. 배우는 것을 좋아하던 분이었던 모양인가? 어느 날 딸에게 물었다.

"수진아, 오늘 음력으로 며칠이냐?"

"모르겠는데, 음력을 내가 어떻게 알아?"

수로 어머니가 기다렸다는 듯이 소리쳤다.

"그것도 모르는 애가 외무부 장관 이름을 물어?"

수로 어머니는 '할매'에게도 정성을 자주 쏟았다. '할매'는 형식적으로는 손수 밥 짓고 빨래하는 독거 노인(獨居老人)이었다. 하지만 실제로 '할매'가 먹는 대부분의 음식은 수로네 부엌에서 나왔다. 나는 '할매'가 손수 빨래하는 것을 한 번도 본 적이 없다. 할매, 빨랫감 빨리 내놔요, 이렇게 소리치는 수로 어머니를 자주 보았을 뿐이다. 수로 어머니는 '할매'에게 여러 가지를 가르쳐주었지만 담배만은 끝내 가르치지 못했다. '할매'가 한사코 거절했기 때문이다.

수로 아버지는 조금 엉뚱한 사람이었다. 아들 이름 지은 것부터가 그랬다. 수로왕(首露王)은 김해 김씨(金海金氏)의 시조(始祖)가 되는데, 아들의 이름을 어떻게 '수로'로 지을 수가 있어요, 이렇게 묻는 나에게 그는 기다렸다는 듯이 대답했다.

"우리는 경주 김가(慶州金哥)여서 수로왕과는 인연이 없어."

"그래도 우리는 원래 옛사람 이름 다시 쓰는 거 기피하잖아요?"

"우리 경주 김씨 김수로가 이름을 얻으면 김해 김씨 김수로와 연고전(延高戰) 한판 붙이려고 그러지."

육군 상사 출신이라고 했다. 누구로부터 들었는지는 기억나지 않지만(아, 기억난다, 군사 기밀을 자주 누출하던 정씨였다) 현역 시절에는 운동 선수 출신 사병들을 관리했다고 들었다. 군대를 그만두었는데도 늘 계급장 없는 군복을 입고 다녔다. 민간인이 국방색 군복 입고 다니면 헌병이 붙잡아서 검은 잉크로, '염색'이라고 커다랗게 등짝에다 써주던 시절이었다. 하지만 운동 전문가인데다 하사관 출신이어서 그런지 그가 입은 군복 등짝에 그런 글씨가 쓰이는 일은 없었다. 당시는 입대 전이라서 나는 '하사관'이 어떤 일을 하는 사람인지 알지 못했다. 그뒤, 나도 군인이 되어 나이 지긋한 하사관을 만날 때마다 아, 수로 아버지가 저런 일을 했겠구나 싶었다. 수로 아버지가 현역 시절에 한 일은, 그뒤에 생긴, 현역 군인들로만 이루어진 스포츠 팀 '상무(尙武)'와 밀접한 관계가 있지 않았을까 싶다.

당시의 어떤 골목이 그러지 않았을까만 가동 골목 역시 아이들의 놀이터였다. 아이들은, 골목의 다른 부분보다는 상대적으로 넓은 '할매 새미' 앞 공터에서 야구도 하고 축구도 하고 그랬다. '할매 새미' 앞 공터로 아이들이 모여들면 가장 긴장하는 사람은 역시 '새미 할매'였다. 샘을 덮고 있던 전각의 옆구리는 아이들이 소변 보기에 아주 알맞은 곳이었다. 놀이에 정신이 팔린 아이들은 원래 소변을 참을 때까지 참는 버릇이 있다. 이렇게 소변을 끝까지 참은 아이는 전각 옆구리로 접근하는 순간 순식간에 소변을 끝내버리고는 했다. 그런 탓에 공터에서 공놀이 시합이라도 벌어지면

'새미 할매'는 아예 방에서 나와 전각 옆에 쪼그리고 앉아 있기도
했다.

공놀이라고는 하지만 시절이 시절이라서 장비도 시원치 않았
고, 선수들 숫자도 늘 아귀 맞는 것은 아니었다. 그래서 크고작
은 시합 때마다 선수 수가 모자라면 모자라는 대로, 남으면 남는
대로 선수들을 하나도 남김없이 기용하기 위해서는 늘 새로운
규칙을 정하지 않으면 안 되었다. 골목에서 노는 아이들 틈에 수
로가 끼지 않을 때는 거의 없었다. 수로가 끼지 않을 경우, 아이들
은 '할매 새미' 앞 공터에서 놀기가 어려웠다. 할매의 지팡이가 놀
이 자체를 원천 봉쇄하는 경우가 많았기 때문이다. 수로 아버지도
아이들 놀이판에 자주 껴들었다. 수로 아버지는 선수들 숫자가 모
자랄 때는 모자랄 때에 어울리는 규칙, 선수들이 너무 많아 남아
날 때는 남아돌 때에 선수를 모두 기용하고도 거기 어울리는 규칙
을 정해주고는 했다. 수로 아버지가 새로운 규칙을 정하면 열두
명이 한 팀이 되는 야구, 다섯 명이 한 팀이 되는 축구도 언제나
가능했다.

나는 수로 아버지로부터 이런 말을 들은 적이 있다. 내가 그 집
을 떠나기 직전이었으니, 1968년에 멕시코에서 열렸던 올림픽 직
후가 아니었나 싶다.

"내 짐작이 지난 1월 21일에 크게 한 번 빗나갔어. 나는 북한이
무장 공비를 보내 청와대를 습격할 줄 몰랐어. 나는 나라끼리 전

쟁 치르는 시대는 끝나고 그 힘을 바꾸어서 운동으로 겨루는 시대
가 다 왔다고 생각했거든. 남북한도 총으로 대포로 싸우기보다는
축구와 농구와 배구로 싸우는 시대가 왔다고 생각했거든. 하지만
내 짐작, 한 번 빗나가기는 했지만 앞으로 또 크게 빗나가는 것은
아닐 거라. 보라고, 앞으로는 틀림없이 운동장에서 전쟁 치를 거
야. 군인 대신 운동 선수들이 대리 전쟁을 치를 거야. 그리고 말이
야, 우리야 아직 먹고 사는 게 힘들어서 스포츠 가지고 찧고 까불
형편이 아니지만, 두고 봐, 먹고 살 만한 형편이 되면 스포츠 없이
는 못 살아. 스포츠 신문? 지금이야 '일간 스포츠' 하나밖에 없지
만 두고 보라고. 막 나올 거야. '주간 스포츠' '월간 스포츠'……
막 나올 거라고. '일간 스포츠'를 내는 신문사가 어디더라? 한국일
보? 두고 보라고. 오래지 않아 신문사라는 신문사들은 전부 스포
츠 신문을 따로 만들어낼 거라고. 동아일보는 '동아 스포츠', 한국
일보는 '한국 스포츠', 조선일보는 '조선 스포츠'를, 경향신문은
'경향 스포츠'를 찍어낼 거라고. 그런데 말이지, 야구·축구·배
구·농구 할 것 없이 '루울'이 왜 자꾸 바뀌는지 알아? 6인제 배구
가 되었다가 9인제 배구가 되고 하는지 알아? 축구나 농구의 반칙
범위가 왜 맨날 달라지는지 알아? 어느 한 팀이 독주하는 걸 막아
야 하니까. 승승장구하는 걸 막아야 하니까. 어느 한 팀이 승승장
구 독주하면 재미가 없으니까. 선진국 사람들이 스포츠에 열광하
는 이유가 뭔지 알아? 인생살이와 너무 비슷하니까. 그러면 루울
은 왜 자주 바꿀까? 인생살이와 점점 더 비슷하게 만드느라 그러

는 거라고. 한 팀이 독주하지 마라, 재미 떨어진다, 그래서 자꾸
바뀌는 거라고."

나는 수로 아버지의 단정적인 예언을 들으면서 고대 그리스의
도편 추방제(陶片追放制)를 떠올렸던 것 같다. 그 제도 역시 한 정
치가의 독주(獨走)를 견제함으로써 정치를 재미있게 만드는 장치
였으니까. 스포츠처럼 재미있게 만드는 장치였으니까. 인생살이와
점점 더 비슷하게 만들어야 하니까.

"웃지 않겠다고 약속해주세요. 우리 아버지가 가동 집을 산 것은
제가 태어난 다음해였대요. 그러니까 아저씨가 우리집에 살던 60
년대 후반에 우리는 그 집에서 10년 이상 살고 있었던 거죠. 아버
지는 할매로부터 방세를 받았을까요? 천만에. 한 푼도 안 받았어
요. 왜? 그 집 전 주인(前主人)과의 약속이 있었대요. 할매에게는
방세를 받아서는 안 된다, 아무리 불편하더라도 다른 집으로 옮겨
살게 해서도 안 된다, 이런 약속이 서로 있었대요. 그럼 전전 주인
(前前主人)과 전 주인 사이에서는 어땠을까요? 역시 그런 약속이
있었대요. 할매에게는 방세를 받아서는 안 된다, 어떤 일이 있더라
도 지금 살고 있는 방에 살다가 돌아가시게 해야 한다, 이런 약속
이 있었대요. 전전전 주인과 전전 주인 사이에도 그런 약속이 있었
대요. 아버지의 짐작에 따르면, 이 약속은 근 60년 동안이나 묵계
로 이어져왔대요. 참 이상한 일도 다 있죠? '할매'는 어느 누구로
부터 어떤 권위도 위임받은 적이 없대요. 그런데도 불구하고 사람

들은 '할매'에게 같은 방에서 언제까지나 살아도 되는 이상한 권위를 묵시적으로 누리게 했다는 거죠. 웃지 않겠다고 약속해주세요. 저도 처음에는 믿지 않았어요. '할매'가 그 샘을 지키게 된 내력…… 저도 처음에는 믿지 않았어요. 아버지는 그러셨지요, 입버릇처럼, 샘을 지키는 '할매'는 우리가 지켜야 한다. 우리가 지켜야 한다, 그러셨지요. 우리 아버지가 바보처럼 왜 이러시나, 이러면서 웃어넘겼어요. 우리 아버지…… 운동 좋아했다는 것말고는 기억나는 게 없으실 거예요. 어머니와 아버지는 그저 무던한 분들로 보이셨을 거예요. 하지만 아버지는 그저 무던한 분이 아니었어요. 아버지가 하사관 출신이라는 건 아셨죠? 아버지는 진짜 군인이셨대요. 아버지는 왕이나 황제 혹은 국가를 신성의 실체로 여기고 섬기는 그런 분이셨대요. 비록 계급은 낮아서 하사관이었어도, 아버지는 아버지 나름의 방법, 말하자면 스포츠 육성 같은 것이었을 테죠, 나름의 방법으로 신성의 실체인 나라를 섬기셨더랍니다. 그러니 5·16혁명이 우리 아버지 같은 분에게는 무엇이었을까요? 용서할 수 없는, 신성의 실체 유린 아니었을까요? 아버지가 혁명 정부를 흰눈바라기 한 것은 그 때문이었대요. 대학생이 된 다음에 어머니로부터 들어서 안 것이지만, 1963년, 박정희가 대통령이 되자 아버지가 군복을 벗은 것은 그 때문이었답니다. 아버지는 박정희를 인정하지 않았어요. 그래요. 샘을 지킨 분은 '할매'였지만 '할매'를 지킨 분은 아버지였지요. 아버지는 왜 '할매'를 지켰을까요? 왜 '할매'의 보호자가 되었을까요? 왜 '할매'를 섬기다시피 했던 것일까요? 무엇 때문에, '할매'를 둘러싼, 저 케케묵은 전설을 지켰던 것일까요? 저는 그 까닭을, 아버지가 가지고 있던 박정희에 대한 지독한 혐오감에서 찾아내고는 해요. '할매' 이야기…… 대학생 될 때까지도 참뜻을 몰랐어요. 그저 웃기는 전설인 줄만 알았어요. 그런데 나이 한두 살씩 더 먹어가니까, 그게 아니다 싶더라고요. 그래서 아버지로부터 들은 '할매' 이야기를 사실로 가정하고 이야기 조각조각을 모아, '할매'가 임금님 만난 시점을 역산(逆算)해보았지요. 나는 '할매'의 나이를 몰라요. 이름도 몰라요. 아버지야 아셨을 테지만, 제가 궁금해할 만한 나이가 되었을 때는 벌써 아버지가 세상 떠난 다음이었죠. 동사무소에도 남아 있지 않아요. 어머니로부터 '할매'가 기축생(己丑生) 소띠라는 것, 임금님 만났을 때가 열다섯 살 때라는 것만 들어서 알고 있었죠. 역산해보았죠. '할매'는 1889년 기축년생, '할매'가 열다섯 살 때 임금님을 뵈었다니까, 1903년이나 1904년이기가 쉽지요. 아저씨가 우리집에 살 당시, 할매 연세는 그때 이미 일흔아홉 아니면 여든이 되어 있었던 겁니다. '할매'가 기축생 소띠였다는 우리 어머니 말씀이 사실이라면, 다른 계산법이 있을 수가 없어요. 기축년은 60년 전후 아니면 올 수도 없고 갈 수도 없으니까요. '할매'가 1889년보다 60년 전인 1829년 생일 수도 없고, 60년 뒤인 1949년생일 수도 없는 일 아닙니까? 기축생이 아니고, 그저 소띠였다고 가정해도 마찬가집니다. 당시의 '할매'는 열두 살 많은 것도, 열두 살 적은 것도 아닌, 딱 그 연세에 어울리는 분이었으니까…… 하기야 이 이야기 옮기면서 연도(年

度) 따지는 게 무슨 의미가 있겠어요……."

　그러니까 '새미 할매'가 자네 아버지에게 했다는 이야기, 자네가 아버지로부터 들었다는 그 이야기, 그러니까 이랬다는 말이지. 지금부터 한 백년쯤 전에 정말로 그런 일이 있었다 그 말이지. 한 자락으로 쭉 뻗어내리던 북한산이 경복궁 동쪽 담을 만나자, 삐익 소리가 날 만큼 급제동한 데가 바로 서울의 가동이었다는 말이지. 가동의, 그 북한산 자락에 샘이 하나 솟고 있었다는 말이지. 살평상 만한 화강암 푸석 널바위 석 장이, 한 장은 바닥을 이루고 두 장은 좌청룡 우백호 형용으로 바닥의 널바위를 엇비슷하게 위요(圍繞)하는 형국으로 놓여 있었다는 말이지. 위에서 맑은 물이 퐁퐁 솟아올라 바닥 널바위를 타고 아래로 쫄쫄 흘렀다는 말이지. 몇천 년을 그렇게 흘렀던지 널바위 한중간에는 갓난아기 하나 들어다 눕혀도 좋을 만큼 움푹하고 길쭉한 홈이 파여 있었다는 말이지. 그 홈에는 맑은 샘물이 늘 차고 넘쳤다는 말이지. 널바위 가장자리는 초록 이끼에 아주 푹 덮여 있었다는 말이지. 샘 주위에 밀생해 있는 관목하며, 샘 주위의 파란 이끼하며, 그 사이를 흐르는 맑은 물하며…… 젊은 사람들에게 보여주기에는 퍽 민망한 풍경을 지어내고 있었다는 말이지.

　그러니까 그게 지금부터 근 백년 전의 이야기라는 말이지. 그 샘 건너편 삼간초가에 한 소녀가 살고 있었다는 말이지. 아비는 종로 바닥에서 왈짜 똘마니 노릇 하다가 맞아 죽고, 홀로 남은 어미가

벼슬아치들 기와집 드나들며 받아오는 품삯으로 근근이 먹고 살았다는 말이지. 경복궁 바로 옆에 그렇게 구차한 집이 있었다는 말이지. 지금의 가동 골목길 인근에는 그 집 한 채밖에 없었다는 말이지.

농익은 봄이었다는 말이지. 여름은 아니었다는 말이지. 그런 일 일어나기로는 원래 가을 달밤이나, 아지랑이 아른거리는 봄날이 안성맞춤이거든. 그러니까, 봄꽃 흐드러지게 핀, 어느 늦은 봄날이었다는 말이지. 꽃만 보아도 잎만 보아도 그저 살살 갈증이 나는 그런 철이었다는 말이지. 임금님이 그 샘가를 우연히 지나쳤다는 말이지. 아랫사람 여럿 거느리고 그 샘가를 지나쳤다는 말이지. 어느 임금님인지는 아무도 모른다는 말이지. 소녀 자신도 모른다는 말이지. 경복궁에서도, 덕수궁에서도, 심지어는 창경궁에서도 그리 멀지 않은 곳이었으니까 그랬을 테지만 임금님의 행차는 그리 으리번쩍하지는 않았다는 말이지. 아무리 어렸어도 그렇지. 그 소녀, 좀 잘 들어두지 않고…… 임금님을 모시는 늙은 여인네들이 그분을 '폐하'라고 불렀는지 '전하'라고 불렀는지, 그것만이라도 잘 들어두지 않고…….

어쨌든 소녀 나이 열다섯 살 때 있었던 일이라는 말이지. 임금님의 행차가 가까이 오는 것을 바라보면서도 소녀는 샘가에 가만히 앉아 있었다는 말이지. 진달래 꽃잎 같은 걸 샘물 위에 띄워놓고 희롱하고 있었다는 말이지. 마을도 없고, 사는 사람도 별로 없어서, 임금님을 모시는 관리가 술래, 위, 물렀거라, 하고 고함을 지르지도 않았다는 거지. 그러니까 열다섯 살 소녀는 겁도 없이 임금님의 행차를 빤히 쳐다보고 있었을 거라는 말이지. 임금님이 샘가에 앉아 있는 소녀를 보곤 걸음을 멈추었다는 말이지. 가마에 타고 있었다면 가마에서 내렸다는 말이지. 말을 타고 샘가를 지나고 있었다면 말 잔등에서 내렸다는 말이지. 참, 우리나라 임금님은 말 같은 건 잘 안 타지.

임금님이 샘가로 다가오더라는 말이지. 말리는 신하들 손을 가만히 뿌리치고는 샘 있는 곳에 이르는 오르막길을 잠시 오르더라는 말이지. 소녀는 이러지도 못하고 저러지도 못한 채 옷고름만 앞니로 자근자근 씹고 있었다는 말이지.

이윽고 임금님께서 그러셨다는 말이지. 나지막한 목소리로, 그러나 소녀에게는 천둥처럼 울리는 목소리로 그러셨다는 말이지. 나이도 묻지 않고 대뜸 이러셨다는 말이지.

아가, 물 한 모금 다고.

소녀는 샘가에 놓여 있던, 시커멓게 물때가 묻은 바가지로 샘물을 한 바가지 떠서 임금님께 올렸다는 말이지. 신하들 중 하나가 허리를 잔뜩 구부린 채 바가지 앞을 막아서자 임금님은 부드러운 손사래로 신하를 물리셨다는 말이지. 임금님이 그 물을 마시는데, 어찌나 맛나게 마시는지, 입 안으로 흘러들어가지 못한 물이 수염을 타고 용포로 뚝뚝 떨어지더라지. 샘물 다 마신 임금님이 소녀에게 바가지를 돌려주면서 그러셨더라지.

고맙다. 참 좋다. 나라는 지켜내지 못했다. 샘물은 잘 지키거라.

알겠느냐?

　소녀는 몸둘 곳을 모르고 그저 고개만 주억거렸다는 말이지. 그리 하옵지요, 그리 하옵지요, 이렇게 말하는 대신 연신 고개만 주억거렸다는 말이지. 임금님은 그 샘가에서 돌아서서, 혼잣말처럼 이렇게 덧붙이더라는 말이지.

　지켜야 하느니. 오, 잘 지켜야 하느니. 내 언제 너를 다시 찾으마.

　내 언제 다시 너를 찾으마, 라고 한 것 같기도 하고, 내 언제 다시 너를 부르마, 라고 한 것 같기도 했다는 말이지. 임금님을 가까이 뫼시던 늙은 여인이 임금님께 뭘 물으려고 했더라는 말이지.

　하오시면…….

　늙은 여인은, 임금님의 손사래에 막혀 말을 잇지 못하더라는 말이지. 임금님은 앞장서서 궁궐 쪽으로 내려가고, 늙은 신하들 늙은 여인들 뒤따라 내려가고…… 그 광경 눈배웅하고 있던 소녀, 그만 그 자리에서 까무러치며 쓰러졌단 말이지. 어미 돌아올 때쯤 깨어났는데, 소녀의 아랫도리는 피투성이였다는 말이지. 그러니까, 그랬다는 말이지. 그해 늦가을 소녀는 임금님 서 계시던 자리에다 박달나무를 한 그루 심었다는 말이지. 임금님과 한 약속을 지키겠다는 마음을 한 그루 박달나무로 샘 곁에다 세웠다는 말이지. 그 나무가 어떤 나무인지도 모르고 그냥 거기에다 심었다는 말이지.

　그 임금님이 어느 임금님인지 소녀는 모르더라는 말이지. 고종 황제였는지, 뒷날 순종 황제가 된 황태자였는지 소녀는 모르더라는 말이지. 소녀 나이 열다섯 먹었을 때라면 고종 황제는 52세 장년이고, 황태자는 갓 서른 혈기방장한 헌헌장부였을 터인데, 소녀는 그분이 어느 분인지 가릴 생각을 않고 그저 죽어라 '임금님'이라고만 하더라는 말이지. 하기야 반듯하게 가려서 어쩌게. 말인즉슨 그렇다는 것을……

소녀가 궁궐 사람들을 기다렸는지 안 기다렸는지는 소녀의 마음을 들여다본 사람이 없으니 아무도 모른다는 말이지. 그런데 다음 해 궁궐 사람들이 소녀의 집에 들이닥쳤다는 말이지. 소녀를 꽃가마에 태워 궁궐로 데리고 들어가려고 온 것이 아니었다는 말이지. 소녀가 임금님에게 물을 떠주던, 그 아름다운 샘을 전각으로 덮으려고 궁궐 사람들이 대목(大木)들을 데리고 왔더라는 거지. 우마차에다 재목을 바리바리 싣고 왔더라는 말이지. 궁궐 사람들과 대목들은 그 아름답던 샘 위에다 후닥닥 무지막지하게 큰 전각을 짓고는 돌아가버렸다는 말이지. 임금님 부하들이 몰려와서 샘을 전각으로 덮고, 소녀만 그 자리에 남겨두고 사라진 뒤로는 임금님이 무슨 일을 해도, 나라가 무슨 일을 해도 제대로 되는 게 없더라는 말이지.

'할매 새미' 앞에서 두 해 가까이 살았는데도 불구하고 나는 '할매 새미'에 큰 관심을 기울이지 못했다. 나도 그 전설, 귀동냥한 적은 있다. 그런데도 나는 관심을 두지 않았다. 남루한 전설 한 자락 쓸쓸하게 맴도는, 그저 그렇고 그런 샘이거니 했을 뿐이다. 상수도 보급이 상당히 빠른 속도로 진행되고 있을 즈음이라 실제로 그 샘이 지니는 수원(水源)으로서의 목숨은 거의 끊어진 것이나 다름없었다. 어린 시절에 접한 기독교의 영향 때문이었을 것이다. 나에게는 민속이나 무속이 지어내는 기이하게 엄숙해지는 분위기를 기피하는 경향이 있었다. 나는 그런 것들을 혁파(革罷)하고 소독해낸 서양 합리주의 쪽으로 가파르게 기울어 있었다. 나는 그렇게 어리고 어리석은 세월을 오래 살았다. 당시, 서울 한복판에 있던 가동에서도 눈만 돌리면 자연이었다. 당시의 나에게, 자연스러운 자연 혹은 그 자연을 닮은 순정한 마음 씀씀이는 우리가 애써 잘라내어야 할 진화의 슬픈 꼬리뼈 같은 것이었다. 내가 가동을 떠난 다음 해에 시작된 새마을운동을 나는 바로 그런 심정적 기류에 드리워지기 시작한 서광 같은 것으로 생각했다. 나는 그 이상한 운동이 우리 풍속에 드리워진 서광이 아니라, 견딜 수 없이 불순한 구름이라는 사실을 인식하지 못했다. '할매 새미'로 오르는, 당겼다 놓은 고무줄같이 자연스럽게 구부러져 있던 가동 골목길도 거의 일직선에 가깝게 새로 닦였다는 소식을 들은 것은 그뒤의 일이다. 심상한 풍경에 지나지 못하던 '할매 새미'와 그 샘터를 둘러싸고 벌어졌던 온갖 재미없는 사건들의 내력이 새삼 의미심장하게 들린 것은 아무래도 자연이 조금도 자연스럽지 못한 모습으로 변해버렸기 때문일 것이다.

내가 처음 보았을 때부터 그 샘은, 팔작 지붕이 꽤 높은, 샘을 기념하는 것으로는 너무 크고 웅장한 전각(殿閣)에 덮여 있었다. 전각 옆에는 10여 미터 높이의 교목 한 그루가 서 있었다. 회색빛이 도는 나뭇잎은 달걀 모양과 흡사했다. 잎 가장자리가 꼭 톱니 같았다. 부드럽다는 느낌이 전혀 없었다. 나는 그 나무가 단단하기로 소문난 박달나무라는 것을 당시에는 알지 못했다.

전각 하면 단청(丹靑)부터 연상하던 나는, 생나무 결이 그대로 드러나 있는 '할매 새미'의 전각이 전체적으로 거무튀튀하고, 그래서 어쩐지 음산하다는 인상을 받았다. 전각에 단청을 하지 못한 것은 당시의 급박하던 나라 형편 때문이었으리라. 현판 같은 것은 매달려 있지 않았다. 전각 문에는 강아지만한 자물쇠가 매달려 있었다. 열쇠는 물론 '새미 할매'가 지니고 있었다. 심한 가뭄 때는 '할매'가 그 문을 열고 마을 사람들에게 물을 길어가게 한 적도 있다고 했지만 내가 보기에 화강암 널바위 위에 고이는 샘물의 양은 그리 많지 않아 보였다.

'할매 새미'의 전각 안을 처음 들여다보았을 때의 그 야릇한 느낌을 잊을 수 없다. 중앙의 홈통에 물이 고여 있는 널바위는 흡사 거대한 조개의 속살 같았다. 처음 보았을 때 내 뇌리에 떠오른 단어가 '석화(石花)'였다. 다가가 손을 대면 부르르 떨릴 것만 같았다.

나는 가동 골목에 사는 사람들로부터 '할매 새미'가 차지하고 있는 위치의, 꼭 사타구니 자리 같은 기이한 지세(地勢) 때문에 유난히 사람들이 많이 꾄다는 말을 들은 적이 있다. 거대한 조개의 속살 같은, '할매 새미'의 그 널바위 때문에 젊은이들이 많이 꾄다는 말을 들은 적도 있다. 자주 둘러본 것은 아니지만 어쩌다 한번씩 전각을 돌아보면, 전각 주위에는 빈 담뱃갑, 소주병이나 배갈병이 굴러다니고는 했다. 물론 굴러다니기 바쁘게 '할매' 손에 치워지기는 했다. 사사건건 남의 일에 껴들기 좋아하던 하사관 출신 정씨는, '할매 새미' 전각 뒤의 떨기나무 숲이 옛날에는 가동의 물레방앗간이었다는 말까지도 참지 않았다. 어리고 어리석었던 나는 내가 저지르지도 않은 온갖 비행(非行)의 불유쾌한 추억의 현장으로 전각 옆의 음산한 나무 뒤로 펼쳐져 있던 떨기나무 숲을 기억했다.

"웃지 않겠다고 약속해주세요. 우리 시대에는 전설 같은 것도 민담 같은 것도 발생할 수 없다고 저는 믿었어요…… 그런데 가만히 생각해보니 그게 아닌 것 같아요. 아저씨 가동 살다가 입대하신 뒤로 흐른 세월을 생각해보세요. '새미 할매'가 가동에서 산 세월은 그보다 갑절이나 길어요. 여든하나까지 사셨으니…… 하지만 저는 '할매'에 대해 아무것도 알지 못해요. 임금님을 만났다던 그 소녀가 나중에 시집을 가기는 갔는지, 자식을 낳기는 낳았는지 그건 아버지도 모른댔어요. 하지만 저는 안 갔으리라고 믿어요. 아버지도 그렇게 믿으셨지요. 시집도 안 가고 샘 곁에서 나이를 먹은 것으로, 아버지도 그렇게 믿었고 저도 그렇게 믿어요. 그런데 말이지요. 샘에도 혼이 있을까요? 만약에 샘에도 혼이 있다면 그것은 샘처럼 맑고 깨끗한 혼일 터인데, 그런데 그게 그런 것 같지 않아요. '할매 새미'의 혼은 그런 것 같지 않아요. 아버지가 그

러셨지요. 궁궐에서 전각을 해바친 뒤로 샘의 혼은 가혹한 혼이
되고 말았다고요. 평생을 바쳐 그 몸을 지키는 '할매'에게는 어떤
은혜도 베풀지 않는, 가혹한 혼이 되고 말았다고요: '할매 새미'
가에서 죽은 사람이 많대요. 세월 오래 흐르면 사람 안 죽는 자리
없겠지만, '할매 새미' 자리는 다르다는군요. 저 태어나기 전에는
'할매'에게도 양녀가 있었대요. 아홉 살 때 주워와서 열아홉 살까
지 키웠는데, 이 양녀가 샘가 박달나무에 목을 매고 죽었대요. 채
소 장수 청년 꾐에 빠져 달밤에 전각 뒤에서 몸 버리고, '할매'가
심었다는 그 박달나무에 목매달고 죽었대요. 독한 처녀였던 모양
이에요. 나무에다 건 밧줄이 처녀의 몸무게를 이기지 못하고 끊
어지니까 새 밧줄 찾다 걸고 기어이 죽었더래요. 아버지가 '할
매'의 눈물을 본 것은 양녀 죽은 직후가 처음이자 마지막이었다
는군요. 그 오랜 세월, 그런 험한 일 겪었으면서도 '할매'는 죽는
날까지 샘을 떠나지 않았어요. '할매'의 양녀가 죽은 것을 두고
아버지는 나라에서 해바친 전각 때문이라고 했어요. 사람의 정성
이 하나 깃들어 있지 않은 전각 때문이라고 했어요. 사람의 지극
정성을 타고 앉은 전각 때문이라고 했어요. 에이, 웃으려면 웃으
세요."

　샘이나 우물 자리를 기념하는 전각 가운데 내 마음에 남아 있는
전각이 둘 있다. 경부고속도로를 통해 경주로 들어가면 탑정동 초
입에 오릉이 나온다. 오릉 앞에는 신라 시조 박혁거세의 제사를 모

시는 숭모전이 있다. 숭모전으로 들어가지 말고 대숲을 따라 왼쪽으로 꺾어들면 봉분이 거대한 무덤 다섯 기가 나오는데 이것이 바로 오릉, 다섯 능이다. 박혁거세의 무덤이다. 오릉을 한 바퀴 돌아 숭모전 뒤로 들어가면 조그만 전각의 지붕이 보인다. 돌담 따라 들어가면 작은 연못이 있다. 연못 가에는 자연석을 세워 만든 석비가 있고, 석비에는 '알영각(閼英閣)'이라는 명문이 있다. 석비 뒤에는 참으로 작고도 고졸한 전각이 있다. 이 전각이 바로 알영정(閼英井) 자리의 알영각이다.

『삼국유사』는 이렇게 적고 있다.

……사량리 알영정에 계룡(鷄龍)이 나타나 왼쪽 옆구리로 여아(女兒)를 낳으니 용모가 뛰어나게 고왔으나 입술이 닭의 부리 같았다. 사람들이 월성 북쪽 냇물에 가서 씻겼더니 그 부리가 '퉁겨져〔撥〕' 떨어졌다. 사람들은 그 냇물을 '발천(撥川)'이라고 불렀다. 사람들이 남산 서쪽 기슭에 궁실을 짓고 신성한 아이를 모셔 길렀다…… 여아는, 처음 나온 우물 이름을 따서 '알영'이라고 했다.

오릉으로 들어가지 말고 오른쪽으로 방향을 틀어 야트막한 구릉을 오르면 여기에도 참 작고 아름다운 전각이 있다. 나정(蘿井)이다. 아득한 옛날에는 우물 자리였다고 하지만 지금은 언제 우물이 있었나 싶게 황량하다. 나정은 신라정이라고도 불린다. 신라정이라면 '나정(羅井)'이어야 할 터인데도 어찌 된 일인지 지금까지도

'나정(蘿井)'으로 불린다. '나(蘿)'는 '댕댕이덩굴' '담쟁이덩굴'을 뜻하는 글자다. 다른 나무의 몸통을 감고 하늘을 향해 기어오르는 식물이다.

『삼국유사』는 이렇게 적고 있다.

……진한 땅에는 옛날에 여섯 마을이 있었다…… 기원전 69년 3월 초하루 6부 촌장들이 각각 자제들을 데리고 다 함께 알천 둑에 모여 의논했다.

"우리들이 위로 백성 다스릴 만한 임금을 가지지 못하고 있어 백성들이 모두 방종하여 제멋대로 놀고 있으니 덕이 있는 사람을 찾아내어 임금으로 삼아 나라를 창건하고 도읍을 정해야 하는 것이 아닌가?"

그제야 모두 높은 곳에 올라가 남쪽을 바라보니 양산 밑 '나정' 곁에 이상한 기운이 번개처럼 땅에 드리우더니 웬 흰 말 한 마리가 무릎을 꿇고 절하는 시늉을 하고 있었다. 6부 촌장들이 달려가 살펴보니 보랏빛 알 한 개가 놓여 있었다. 말은 사람들을 보자 울음소리를 길게 뽑으면서 하늘로 올라갔다. 알을 쪼개니 형용이 단정하고 아름다운 사내아이가 있었다. 놀랍고도 이상하여 아이를 동천에서 씻기자, 아이 몸에서 광채가 나고 새와 짐승들이 춤을 추어 천지를 진동케 하고 해와 달이 맑고 밝았다. 그래서 이름을 '혁거세왕'이라 하고 왕위의 칭호는 '거슬한'이라고 했다. ……두 신성한 아이가 열

세 살이 되던 기원전 57년, 나라 사람들은 여아 알영을 왕후로 삼았
다. 나라 이름은 '서라벌' 혹은 '서벌'이라고 하였다.

왕이 묻힌 오릉과 왕비가 태어난 알영정 사이는 백 미터도 채 되
지 않는다. 왕이 묻힌 오릉과 왕이 태어난 나정까지는 5백 미터도
채 되지 않는다. 경주에 가면 나는 느린 걸음으로 오릉과 알영정과
나정 사이를 걷는다. 삶과 죽음 사이, 상승과 하강 사이를 느리게
걷는다. '서벌'의 전각과 '서울'의 전각은 어찌 이리 다른가.

"아버지는 가동 집 전 주인(前主人)과 했던 약속을 지키지 못했
어요. 방세를 한 푼도 받지 않겠다는 약속은 지켰지만 아버지가 아
무리 불편하더라도 '할매'를 다른 집으로 옮겨 살게 하지는 않겠
다, 우리집 문간방에서 돌아가시게 하겠다고 한 그 약속은 지켜내
지 못했어요. 아저씨 떠나고 나서 얼마 안 되었을 거예요. 저는 그
때 너무 어려서 '할매'에게 어떤 일이 일어나고 있었는지 잘 알지
못해요. 양로원으로 강제 이주당한 것으로 저는 알고 있어요. 관청
이 개입했던 것 같지만 자세한 것은 몰라요. 그런데 한두 달 뒤인
가, 양로원에서 사람이 왔어요. '할매'가 사라졌다고. '할매' 혹시
오지 않았느냐고. 몇 사람이나 왔어요. 관청에서도 왔던 것 같아
요. 몇 차례나 왔던 것 같아요. 우리 식구들은 물론이고 마을 사람
들 중에도 '할매'를 본 사람은 없었어요. 1969년의 폭설, 기억하세
요? 1월이었어요. 아저씨는 당시 입대해서 군인이 되어 있었겠네

요? 30센티미터가 넘었던 것 같아요. 눈이 너무 많이 쌓여 마을 사람들은 치울 엄두를 내지 못했고, 날씨가 너무 추워 눈은 오랫동안 녹지도 못했죠. '할매'가 어디에 있었는지 짐작할 수 있죠? '할매 새미' 전각 안에 있었대요. 눈 녹고 보니 전각 안에 있더래요. 샘물과 함께 얼어붙어 있었대요. 꿇어앉은 자세로 얼어붙어 있었대요. 꼭 베개만하더래요. 전각의 문살 기억하세요? 문살의 간격이 좁아서 아이들도 그 강아지만하던 자물쇠를 따지 않고는 그 안으로 들어갈 수 없었잖아요? 문살 틈으로는 아이들도 들어갈 수 없었잖아요? 그런데 '할매'가 그 안에 있었대요. 믿어지세요? 문을 열고 들어간 것은 아니래요. 열쇠는 관청에서 가져간 지 오래였다니까요. 당시 전각 주위에 쌓인 눈 위에 '할매' 발자국이 없는 것으로 봐선 큰눈 오기 전에 벌써 전각으로 들어가 숨을 거두었던 것 같았대요. 폭설을 예견했던 것 같은데, 믿어지세요? 웃고 싶으면 웃으세요."

"맨 마지막 몇 마디는 자네가 지은 거지?"

"이러신다니까. 웃으신다니까."

"웃지는 않았어. 전각은?"

"'할매' 시신 발견된 직후에 불탔어요."

"불타다니? 누가 불지른 건가?"

"아무도 모르죠."

"문화재 훼손이네?"

"이러신다니까. 더 놀라운 이야기 한마디 들려드릴까요?"

“…….”

“‘할매’ 죽고, 전각 불타버린 뒤로는 샘에서 물이 안 나왔대요. 그대로 말라버렸대요.”

“……그러니까 자네는 그게 무엇이었다고 생각하나?”

“뭘 말인가요?”

“할매를 ‘할매 새미’에서, 전각에서 떠날 수 없게 한 것이 무엇이었다고 생각하나?”

“…….”

“‘충(忠)’이었을까?”

“‘충’이었을까요?”

“‘연(戀)’이었을까?”

“‘연’이었을까요?”

“그럼 돌쩌귀였을까?”

“…….”

함께 마시다 보니 취하기도 했고, 월요일 아침에 일찍 긴하게 할 일이 있는 것도 아니고, 밝은 날 가동 마을을 한번 보고 싶기도 하고, 그렇다고 해서 늙도 젊도 않은 것이 수로가 산다는 ‘빌라’라는 곳으로 따라 들어가 수로 곁에 묻어 자기도 뭣해서 가까운 여관에 들었다. 아침에 일어나 마을을 내려다보았다. 집들 모양이 크게 달라진 것은 없는데 수가 엄청나게 불어나 있어서 ‘할매 새미’ 자리를 찾을 수 없었다. 산 쪽으로 올라가서 보니 그 자리가 보였다. 물

불과는 인연이 많았던지 '새미 할매'가 평생을 지키던 '할매 새미'
자리에는 빨간 벽돌로 쌓은 목욕탕 굴뚝이 우뚝 솟아 있었다. 1층
은 목욕탕, 2층은 여관, 3층은 안마 시술소였는데, 2층 여관이 공
교롭게도 내가 잔 여관이었다.

아, '할매 새미'.

뿌리 너무 깊은 나무

아기 돌날 아침, 일가붙이 되는 이들은 어른 아이 할 것 없이 모두 모여들었더란다. 돌아가면서 그날의 주인공인 아기를 안아보기로 하는데, 맨 먼저 아기를 안은, 집안의 상어른인 아기의 증조부는 도무지 다음 사람에게 차례를 넘기려 하지 않더란다. 아기와 아기 증조부의 얼굴을 번차례로 훑어보던 한 사람이, 아기가 증조부님을 많이 닮았네요 하니까, 아기 증조부는 빙그레 웃으면서, 이 아기가 나만 닮은 것이 아니고, 내가 보니 내 증조부님도 틀림없이 닮은 것 같다 하고 응수하시더란다.

어릴 때 할머니로부터 들은 이야기다. 연세가 많기는 하나 증조부는 당신의 증조부와 당신의 증손 사이에 접속사처럼 살아 있다. 할머니는 내게 물으셨다. 아기가 증조부 말씀을 기억하면서 오래 살아 제 증손에게 이 이야기를 전한다면, 증손자 돌날 아기 안고 덕담하던 증조부의 증조부는, 이런 덕담 속에서나마 도대체 몇 년을 더 사는 셈이 되느냐? 선후(先後)를 요량하며, 중간에서 잘 살아야 하지 않겠느냐?

열다섯 살 처녀 때 임금님께 샘물 한 바가지 올리고 들은 치하 말씀 한마디가 그만 너무 황송하여 80 평생을 그 임금님 생각하며 홀로 그 샘을 지키다 세상 떠난 '새미 할매' 이야기를 쓰면서 나는 우리 할머니 말씀을 생각했다. 1960년대 후반, 나는 그 '새미 할매'와 한 울타리 안에서 두 해를 살았다. '새미 할매'에게, 냉수라면 나도 여러 그릇 떠다 바친 사람이다. 그러니까 고종인지 순종인지는 모르겠으되, 좌우지간 나는, '새미 할매'로부터 샘물 한 바가지 얻어자신 임금님과 나는 무관한 줄만 알았다. 그런데 그 샘물 한 바가지 떠올린 '새미 할매'와는 무관한 사람이 아니다. 우리 할머니 말씀 되새기면서 나는 조선의 끄트머리 임금님들은 물론, 선대의 여러 임금님들과도 무관한 사람인 줄만 알았는데 그게 아니라는 것을 알았다. '새미 할매'는 왕조 시대와 현대를 잇는 접속사 같은 분이었던가? 그렇다면 나는 무엇과 무엇의 접속사로 살고 있는가? 그런 눈으로, 선후를 요량하면서 살고 싶었다.

정초에 고향 다녀왔다. 이장이 전화를 걸어 친절하게 일러주었다. 마을 회관이 지어져 드디어 개관하게 되었는데, 내려와서 술이라도 한잔해야 하지 않겠느냐고 했다. 뭘 준비해 가면 좋겠느냐고 물어보았다. 군(郡)이 예산을 배정해준 덕분에 회관이 지어지기는 했는데, 안에 살림살이 될 만한 것은 아무것도 없어서 필요한 것을 딱딱 부러지게 적시(摘示)할 형편이 아니라고 했다. 아무렴 그럴 테지, 싶었다.

내 고향 마을은 우리 집안의 선산(先山) 자락에 있는 마을이기도 하다. 선산 관리해주는 고종형이 고향 마을에 살고 계시기는 하다. 그러나 고종형께는 미안한 말이지만, 우리 형제들은 고향 마을 사람들의 비위에 거슬리는 짓을 하지 않으려고 무진 애를 쓴다. 조금 심하게 심중 소회를 피력하자면, 마을 사람들에게, 우리 조상 모신 선산은 볼모와 같다. 조상 산소를 볼모로 잡힌 사람들은 마을 사람들에게 약하다. 이장은 물론이고 마을 사람 개개인에게 매우 약하다. 그래서 봉투 좀 두껍게 만들어 가슴에 품고 내려갔다.

마을에 젊은이가 없으니 마을 회관은, 실제로는 노인 회관이었다. 고향 마을의 가옥 구조는 현대식이 아니다. 거의 대부분이 조선 시대 아니면 일제 시대에 지어진 것들이다. 하지만 마을 회관은 현대식이다. 마을 회관에 모인 사람들은, 구식 가옥과는 구조가 다른 현대식 회관에서 새로운 시대를 그렇게라도 경험하고 떠날 사람들 같아 보였다. 난생처음으로, 내부 구조가 TV에 나오는 현대식 가옥과 꽤 비슷한 마을 회관은, 반세기 가까이 초가나 기와집 앞에서 내가 보아온 그들의 모습과, 미안하지만, 잘 안 어울렸다. 개관식(開館式) 따위의 행사는 내가 가장 싫어하는 것인 만큼 언급할 것도 없다.

두 가지 일 때문에, 마을 회관에서 마을 어른들과 보낸 몇 시간이 좀 껄끄러웠다. 그중 하나는, 내 친구 어머니의 눈물과 추억이다. 마을 회관에서 만난, 내 친구의 여든 넘긴 어머니가 내 손을 잡고 펑펑 울었다. 그 눈물에서 한 세상을 본 것 같았다. 한 세상을 흐르는, 아무래도 내가 다 건너지 못할 강을 본 것 같았다.

내가 고향을 떠나 대도시 대구로 간 것은 내 나이 열한 살 때의 일이다. 45년 전의 일이다. 조금 과장하면 반세기 전의 일이다. 그 시절, 고향 마을에 참 친하게 지내던 동갑내기 친구가 있었다. 언필칭 불알친구였다. 국민학교도 3년쯤 같이 다녔다. 마을에서 학교까지의 거리가 5킬로미터쯤 되었다. 산 넘고 물 건너며 함께 많이 놀아서 추억이 풍부하다. 대구로 나앉은 뒤에 나는 친구가 그리워 몇 차례 편지를 써 보냈던 것 같다. 유행가 가사 같은 신파조 사연이었을 것이다. 친구로부터 답장을 받은 기억은 없다. 그 친구, 3학년이 될 때까지 한글을 떼지 못했던 것 같다. 내가 고향 떠난 이듬해, 친구는 저수지에서 멱 감다가 물에 빠져 죽었다. 애가 좀 까불었다. 남 않는 짓을 잘했다. 까부느라고, 지금의 스카프처럼 생긴 나일론 보자기로 머리를 질끈 동여매고 물에 들어가서는, 그 보자기로 제 얼굴을 꽁꽁 동인 채 물에 들어갔다가 나오기를 되풀이했단다. 달걀 귀신 같은, 허연 알대가리가 물속에서 불쑥 솟아올랐으니 여자 아이들이 기겁을 했을 터이다. 내 친구는 그게 재미있었던지 몇 차례 그 짓을 더 하다가 나일론 보자기가 얼굴에

철썩 붙어버리는 바람에 질식해서 죽은 것 같다고 했다. 질기디질 긴 나일론 보자기, 그 시절에는 귀한 물건이었다. 하지만 나일론 보자기는, 물에 젖으면 통기(通氣)조차 시키지 않는다. 여식 아이 들(계집아이들) 앞에서 잘난 척 까불다가 죽었다는 소리를 뒤에 들었다.

친구 죽은 뒤부터, 고향에 다니러 가도 나는 친구 집을 피해 다녔다. 친구 어머니가 나만 만나면 내 손을 잡고 방성대곡을 내어놓았기 때문이다. 친구 아버지도 껄끄럽기는 마찬가지였다. 친구 아버지는 방성대곡하는 대신 마른기침을 밭게 토해내고는 했다. 저들이 내게서 아들 모습을 읽어내는구나 싶었다. 그런 일은 오래 계속되었다. 친구 어머니 만나 손목 잡히는 게 나로서는 참 곤혹스러웠다. 내게 무슨 책임이 있는 것이 아닌데도 살아 있다는 것이 그렇게 미안할 수 없었다. 국민학교 졸업한 직후에 고향 마을에 가면, 내 아들도 살아 있다면 졸업했을 텐데, 중학생이 되어 고향 마을에 가면, 내 아들도 살아 있다면 중학생이 되었을 텐데, 이런 푸념을 끝없이 들었다. 그 집 형편이 아들 유학 보낼 여지가 있었던 것도 아니고, 읍내에는 중학교가 없었는데도 그랬다.

스물세 살 때 입영 영장을 받고, 선영에 인사드리러 고향 마을에 갔다. 친구 어머니는, 자기 아들도 살아 있었다면 함께 입대하게 되지 않았겠느냐면서 또 내 손을 잡고 울었다. 입대 앞두고 우울한 나날을 보내는 내 앞에서, 친구 어머니는 그게 무슨 영광이라도 되는 양 그랬다. 하기야 그때는 몰랐지만, 개똥밭을 굴러도 이승이

낫다는 말이 있기는 하다. 친구 아버지는 먼발치에서 마른기침만 컹컹 토해내었다. 고향 내려갈 때마다 친구네 집은 살살 피해 다녔다. 하지만 조우(遭遇)는 숙명처럼 되풀이되었다. 그럴 때마다 나는 번번이 친구 어머니에게 손을 잡힌 채, 멀뚱멀뚱 미안해하지 않으면 안 되었다. 결혼한 직후에도 아내와 함께 선산에 고유(告由) 갔다가 친구 어머니한테 손을 잡힌 채 미안해해야 했다. 친구 어머니는, 영문을 모르는 내 아내 앞에서, 우리 애도 살아 있었더라면 지금쯤 장가들었겠제 하면서 울었다. 국민학교 4학년 때 물에 빠져 죽은 친구는, 내가 나타날 때마다 나이를 먹고 있었다. 적어도 그 어머니에게는 그랬다.

내 나이 마흔 지나고부터는 친구 어머니를 잣아서(자발적으로) 찾아다녔다. 매를 먼저 맞아두자는 심사에서 그랬으리라. 친구 아버지는 일찍 세상 떠났다. 친구 어머니는, 지아비의 친구를 만나도, 내게 하던 것과 비슷한 짓을 한다고 했다. 물에 빠져 죽은 친구가 내 앞에서 나이를 먹듯이, 세상 떠난 친구 아버지는 그 아버지 친구들 앞에서 늙어가고 있었던 셈이다. 나는 그것을 이해했다. 그래서 늘 유쾌한 것은 아니지만, 어쩌겠나 싶어서, 피하지 않고 잣아서 친구 어머니를 찾아다녔던 것이다. 내 나이 마흔 중반, 식구들 데리고 미국으로 떠나기 앞서 고향에 내려가 친구 어머니를 찾아뵈었을 때도 그랬다. 내 아들 살아 있었더라면 너처럼 군대에도 가고, 월남에도 가고, 미국에도 가고 그랬을 텐데. 증조부가 중간에 접속사처럼 터억 버티고 서서, 당신의 증조부와 아기를 이어주던 그 집 형편과는 어쩌면 이리도 다른가? 친구 어머니는 슬픈 접속사 같지 않은가?

새로 지어졌다는 마을 회관에 TV라도 두어 대 들여놓을 생각으로 고향에 내려간 날 밤 나는 바로 그 마을 회관에서, 여든을 저만치 넘긴 친구 어머니를 만났다. 앞니가 하나도 없는, 친구 어머니는 백발이 거진 다 된 내 머리를 쓰다듬으면서 말했다.

"내 아들도 살아 있다면 머리가 허애졌겠제?"

친구 어머니의 말에 고함을 버럭 지르고 나선 이가 있었다. 우리가 면전에서는 '세대(金世大) 아재', 없는 데서는 '새대가리'라고 부르는 숙항(叔行), 곧 할머니 친정 집안으로, 잘 따지면 아재뻘에 아슬아슬하게 걸리는 먼 친척이었다. 양반 자세(藉勢)가 늘 여간 아니었다. 할머니 돌아가신 지 50년 가까운 세월이 흘렀는데도 불구하고 그는 틈만 나면 우리 집안보다는 저희 집안이 윗길이라는 것을 증명하려고 들었다. 말투에 버르장머리가 없었다. 나보다 겨우 네 살밖에 더 안 먹은 세대 아재는, 여든이 다 된, 내 친구 어머니를 풀머거리 먹은 개 후리듯으니.

"이 할마시 망발하는 거 봐라. 잘하면 열두 살 때 죽은 아들 가지고 손부(孫婦)까지 볼따."

"어매뻘 되는 사람한테 망발이 뭐고? 망발이? 니 나이 거꾸로 처먹나?"

내 친구 어머니는, 세대 아재에게 악의가 있어서 그런 소리 한 것으로 여긴 것 같지는 않다. 세대 아재가 그 말을 다른 말로 잇지만 않았더라도 친구 어머니는, 아닌 게 아니라, 내가 좀 심했구나, 이렇게 생각하면서 손수건으로 눈물을 찍고 말았을 터이다.

"망발 아이면요? 그런 소리, 하는 사람이야 먹은 마음 없이 하지만, 듣는 저 사람은 얼마나 곤혹스럽겠니껴?"

내 친구 어머니가 숙어들었다. 그런데 세대 아재가 나를 역성들고 나오는 게 좀 이상했다. 그는, 적어도 내 면전에서는, 한 번도 내 편이 되어본 적이 없는 사람이었다. 설마 빈손으로 마을 회관 개관식에 온 것은 아니겠지, 이런 생각을 하고 역성을 들었던 것일까? 마음이 영 개운하지 않았다. 그런데 그쯤 하고 넘어갔으면 좋았을 것을, 세대 아재는 피우던 담배를 재떨이에다 분질러 끄면서 비어지는 소리를 덧붙였다.

"가슴에 묻을 줄 모르고 땅에만 묻으니, 열두 살 때 죽은 아들 가지고 손부까지 보는 것이지."

"뭐라고? 그래, 나는 열두 살 때 죽은 아들 가지고 손주며느리까지 볼란다. 저 사람 며느리 보면, 나도 손주며느리 보는 기다. 그런데 그 잘난 니는, 사십 살, 수염 가로 뻐드러진 아들 무릎 밑에 거느리고도 며느리 와 못 보노? 죽은 것도 아이고, 병신 된 것도 아인, 멀쩡한 아들 가지고도 며느리 와 못 보노? 와 못 보고 늙히노?"

"며느리? 보면 어얄라니껴?"

"아나 며느리 여 있다. 나는 니 아들 나이 때 사위 봤다."

"말씀 함부로 하는 거 아일시더. 보면 어얄라니껴?"

"그만들 하세요."

나 때문에 생긴 말다툼이어서 내가 껴들었다. 내 친구 어머니는 잠깐 돌아앉아 있더니 마을 회관의 거실 바닥을 치면서 울었다. 필시 세상 떠나신 영감님, 아니면 열두 살 때 물에 빠져 죽은 아들을 생각하고 그러는 것이거니 했다. 내가 껴든 데는 또 다른 이유도 있다. 세대 아재의 아들은 당시 마흔 살이 넘었다. 많이 배운 것도 아니고, 특별한 재주가 있는 것도 아니고, 큰 도시에 살면서 부대껴본 것도 아니고, 그저 시골에 파묻혀 그 땅딸막한 몸 놀리면서 부모 봉양 잘하고 농사 잘 짓고, 봉제사(奉祭祀) 잘하던 청년이었다. 그 집 농사 규모가 만만하지 않은데도 도농(都農)을 막론하고 색시 차례가 오지 않았다. 마을 사람들은, 바로 그 농사 규모 만만하지 않은 것 때문에 처녀가 얼씬도 않는다고 했다. 그 말에 일리가 있다. 사람이라도 넉넉하면 사람 사서 농사지으면 되는데, 그 사람이라는 게 없었다. 도시에서 사람 사들여와 농사를 지을 수도 없었다. 농사라는 게 투자를 늘려도 좋을 고부가 가치 산업이 그때 이미 아니었기 때문이다. 몸으로만 때워야 하니, 농지 많으면 많을수록 고생스러울 수밖에 없었다. 하지만 세대 아재의 아들이 장가들지 못한 채 마흔을 넘긴 진짜 이유를 나는 안다. 아재는 틀림없이 자기네 가문에 견주어 기울지 않는, 이 시대에는 희귀 동물인, 반가 규수(班家閨秀)를 며느리로 맞고 싶었을 것이다. 가문 따지고, 인물 따지고, 가진 거 따지고, 그러다 자식의 혼기를 놓쳤을 게 분명하다. 아버지가 색시 자리를 번번이 퇴짜 놓자 그 집 아들은 자살을 기도함으로써 어머니 가슴에 못을 박은 적도 있다. 집 나갔다가 돌아온 횟수는 부지기수다. 불쌍한 건 안쪽이다. 세대 아재의 부인, 그러니까 '아지매'가 나한테 푸념한 게 한두 번이 아니다.

"어지간하면, 고마 해뿌지, 좁쌀 영감이 수판(手板)을 저래 놔 쌓으니…… 나는 고마 자포자기다. 죽 쑤어서 개 준 적이 한두 번이 아니다. 우리, 며느리, 못 본다, 못 본다, 저 영감 안 죽고는 못 본다."

따라서 아들 늙히면서도 며느리 못 본다는 소리야말로 아재 앞에서 해서는 안 되는 소리였다. 그것은 세대 아재의 콤플렉스였다. 아킬레스 힘줄이었다. 건드려서는 안 되는 곳이었다. 세대 아재 앞에서, 불구대천의 원수 될 각오 하지 않으려면 이 말을 입 밖으로 내면 안 되었다. 그래서 큰 싸움 나겠구나 싶어 내가 서둘러 봉합한 것이다.

"말이 나왔으니까 말인데…… 자네……."

세대 아재가 내 쪽으로 돌아앉으면서 앉음새를 고치고 말을 걸었다. 또 한번 이상하다 싶었다. 아나, 며느리 여 있다…… 이 정도 표현이면 싸움 정도가 아니라 건곤일척(乾坤一擲)거리였다. 입씨름 좋아하는 세대 아재가 거기에서 입씨름을 끝내었을까 싶었다. 퉁명한 어조, 그는 늘 내게 퉁명한 어조로만 말했다. 그래서 나는 그를 별로 좋아하지 않았다.

"자네…… 묵은 빚 좀 갚아라."

이때까지만 해도 표정이, 퉁명스러운 어조에 어울리게 무뚝뚝했다.

"내가 아재한테 묵은 빚이 있다?"

"암, 있고말고. 자네 장형(長兄) 혼례 때 우리 아버지가 홀기(笏記)를 불렀니라."

"'홀기'가 뭐요?"

"거 안 있나? 홀기…… 구식 혼례 전안지례(奠雁之禮) 때 신랑 신부한테 불러주는 거."

"'홀기'라는 것은 부르는 게 아니고, 혼례청에서 쪽지 들고 읽는 거 아니오?"

"공부했다는 사람이 말이야, 공자님 앞에서 자네 시방 책방을 차릴라 카나?"

세대 아재 말투가 이랬다. 한마디 하고 그만두면 좋은데, 몇 마디 덧붙임으로써 듣는 이의 심사를 긁어놓고는 했다. 그래서 어릴 때는 어딜 가나 많이 맞고 다녔다. 특히 내 장형한테 많이 맞았다. 아재비가 조카에게 맞고 산 셈이다.

"공자님 앞에서 책방 차리는데 아재가 뭐 보태준 거 있소? 그래, 차렸소. 영어 책방…… 아재도 한번 차려보시지. 안 변하는구나, 정말 하나도 안 변하는구나."

"……마음 상하게 했다면 미안하고…… 우리가 어제아래 만난 사람도 아이고, 그래서 부탁인데, 내 아들 혼례식 치를 때 되면, 자네 옛정을 생각해서 홀기 한번 불러도. 선대(先代)의 묵은 빚 갚는 셈 치고……."

"선대는 아니지요. 세상 떠났다고는 하나 내 형님은 선대에 속하는 것이 아니지요."

"우야든동 한번 불러도고."

"홀기 부른다…… 그거 결혼식 사회(司會) 같은 거 아니오? 아재는 내가 늘 애 같아 보이는 모양인데, 내 나이가 몇인데 사회를 봐요, 사회를? 허연 대가리 주억거리면서 사회를 보라는 말이오?"

"그거는 자네가 모르고 하는 말이라. 본래 홀기는 한문에 밝고, 예절 중히 여기며, 인품이 고매한 어른만이 부를 수 있는 것이네. 내가 이러면 또 집안 자랑한다고 하겠지만서도, 우리 아버지만하신 분, 근동(近洞)에 있었던가? 자네 장형 혼례 때 우리 아버지께서 읍내 자네 형수 친정까지 나가셔서 홀기 부른 까닭도 거기에 있는 기라. 아무나 할 수 있는 것이 아이라. 그러니 못 한다는 소리하면 자네 사람 아닐세."

"아니, 홀기 부르는데, 한문에 왜 밝아야 해요?"

"그러믄. 한문으로 불러야 하거든. 한문으로……."

"아니, 날더러, 한문으로 홀기를 부르라는 것이오?"

"아무렴. 홀기는 한문으로 불러야 맛이 나제."

"누가 알아듣는다고?"

"알아듣는 사람이 없어도."

"알아듣는 사람 없는 홀기를 왜 내게 부르라는 거요? 아재는 내가 부르면 알아듣소?"

"내 공부가 거기까지는 못 갔다."

"그런데?"

"조상님들이야 알아들으시겠제. 주자(朱子)님 『가례(家禮)』에 따르면⋯⋯."

"아재, 거 말 안 되는 말 마오. 나는 한문에 밝지도 못하거니와 예절도 중히 안 여겨, 한문으로 홀기 불러야 한다고 생각하는 아재의 그 머리가 어쩐지 새 머리같이 여겨지오."

세대 아재의 별명이 '새대가리'라는 걸 모르는 사람은 마을 회관 안에 하나도 없었다. 모두들 까르르 웃었다. 오야, 잘한데이, 오야, 내 아들 동무 잘한데이⋯⋯ 내 친구 어머니도 손뼉을 치면서 웃었다. 내가 원수 갚음을 대신해준 셈이었다. 세대 아재가 벌떡 일어났다.

"이 사람이 말이면 다 하나. 오줌 누고 와서 보자."

세대 아재가 마을 회관 회의실에 면해 있는, 마을에서 유일한 양식 변기가 놓인 화장실로 들어간 것을 확인한 친구 어머니가 내게 속삭였다.

"홀기 불러주겠다 캐라. 저 새대가리가 며느리 보는 일은 없을 기다. 아들이라는 거, 생긴 풍신을 봐라. 땅밥도 못 떼더니 사십 살을 넘기니까 벌써 오그라든다. 아나, 며느리 여 있다. 해주겠다 캐라. 불러주겠다 캐라. 그러니까 니는 해주겠다는 말 한마디로 장형 빚은 갚는 셈 아이가."

"자네, 조금 전에 나한테 뭐라 캤노? 자네가 아재비한테 그칼 수가 있나? 자네 할매를 봐서라도 그칼 수가 있나? 자네 장형 '히데오(秀雄)'하고는 동기 동창인 나한테 이럴 수가 있나? 자네, 조금 전에 나한테 뭐라 캤노?"

화장실 다녀온 세대 아재가, 이 빠져 있던 자리를 메우면서 따지고 들었다. 따지고 드는 말투인데도 그다지 퉁명스럽지 않았다. 새대가리라고 했소, 이랬으면 한판 붙었을 터이다.

"부르는 놈도 모르고, 듣는 놈도 모르는 그 한문 홀기라는 걸 왜 내게 맡기느냐고 했소. 도대체 한글 창제된 지가 몇 넌이나 되었는데 한문 홀기를 부르자는 거요? 도대체 해방된 지가 몇 넌이나 되었는데 아직도 내 장형이 '히데오'요?"

"이 사람, 그래도 그기 아이라. 점잖은 자리에서 읽는 전례문(典禮文)이라 카는 거는⋯⋯."

"왜? 또 그 주자의 『가례』를 들먹거리시려고? 『국조오례의』울 거잡수시려고? 하여튼 나는 못 하오. 대신 한 가지 약속은 하겠소. 며느리 볼 때 청첩장 띄우시오. 내가 외국 안 나가고 국내에 있다면, 부조 봉투 뚜껍하게 만들어 품에 넣고 오리다. 그거 하나는 약속할 수 있소."

"이 사람이, 내가 자네를 대접하고 자네 집안을 대접하느라고 부탁하는데⋯⋯."

"대접? 대접이라. 아직도 집안 자랑이오? 아직도 그거 맡기면 대접이 되는 거요?"

"우리 집안이 자네 집안보다 약간 윗길인 것은 사실 아이라?"

"사실 좋아하시네. 우리 할머니 돌아가신 지가 50년, 반백 년이오. 한심하기는. 아재는, 내가 어떤 사람인지 알 리 없겠지만, 만에 하나, 조금이라도 나라는 사람에게 관심을 가진 적이 있다면 그게 대접이 아니라는 것을 알 거요. 욕이 나오지만 참겠소. 두 번 다시 입 밖에 꺼내지 마시오."

"마이 컸다, 오야, 마이 컸다. 아재비한테 '하오'를 하는 걸 보이 마이 컸데이."

"마이 컸지, 암, 많이 컸고마고."

내가 이렇게까지 화를 낸 데는 두 가지 까닭이 있다. 홀기 못 부르겠다고 뻗댄 것은 잘한 일이었다. 그런데 뻗댄 것까지는 좋았는데, 며느리 볼 때 부조 봉투 들고 내려오겠다고 약속한 것은 실책이었다. 세대 아재처럼 새대가리 같은 인간을 혼주(婚主)로 하는 결혼식에 참석하겠다고 약속해버린 것이 그렇게 싫을 수 없었다. 지금은 세상 떠나 우리 선산에 묻힌 장형의 혼례 때, 세대 아재의 아버지 비안 어른이 홀기를 불렀다는 것은 나도 알고 있었다. 장형을 선산에 묻을 때 세대 아재가 마을 사람들을 동원, 산역(山役)을 지휘했다는 것도 나는 알고 있었다. 이런 인연이 있어서 혼례 때는 내려가겠다고 해버린 셈인데, 나는 싫었다. 인간이 싫었다. 그래서 원수 되는 것까지는 바람직하지 못하지만 낯 붉히는 정도로 하고 헤어지면 설사 며느리 보는 한이 있어도 나에게는 연락하지 않을 터였기 때문이다. 그게 첫번째 까닭이었다. 두번째 까닭은 이렇다.

내게는 아주 중요하다.

　나를 '도반(道伴)'이라고 부르는 친구 스님들이 여럿 있다. 그
중의 한 스님이, 내 어머니 돌아가셨을 때, 멀리 대구까지 내려가
밤새 상청(喪廳) 지키면서, 어머니가 평소에 즐겨 읽던 불경을
읊었다. 불교에서는 이러한 예식을 '시달림'이라 한다고 했다. 참
으로 고마웠다. 나는 종교를 보험 비슷한 것이라고 생각한다. 종
교에의 귀의는 일종의 내세 확보(來世確保) 같은 것이라고 나는
생각한다. 독경 소리 듣고 있으려니 그렇게 마음이 푸근할 수 없
었다.

　발인 전야에, 당시 살아 있던 나의 장형이 스님에게 물었다.

　"스님 독경하시는 것 듣고 있자니 어머니 음송하실 때 더러 듣던
구절이 섞여 있군요. 그런데 대체 무슨 경을 외셨소?"

　"이것저것 생각나는 대로 읽고 외웠습니다."

　스님의 대답에 나의 장형이 또 물었다.

　"어떤 깊은 뜻이 담겨 있소?"

　"전들 다 알겠습니까?"

　"하기야, 어머니 역시 뜻 모르는 채 외기만 하셨지요. 사경(寫
經)을 오래 하셨지만 그 뜻 다 아시게 되었던 것은 아마도 아닐 겝
니다."

　"형님, 들으실 만합디까?"

　"듣기에 참 좋았소."

"돌아가신 어머니도 좋아하시겠지요?"

"나는 그러리라고 믿어요."

"그러면 되었습니다. 뜻이야 어찌 되었건, 독경하는 저 좋았고, 들으신 형님 좋으셨고, 흠향하시는 어머니 좋으셨을 터이니, 그것으로 다 좋은 것이 아니겠습니까?"

"그렇기도 하오."

읊는 중 좋고, 듣는 상주 좋다면, 굳이 그 뜻을 알아서 무엇 하겠습니까…… 형님들은 어머니 기일이 돌아올 때마다 스님의 이 말 한마디 되뇌면서 내게 스님 안부를 묻고는 했다.

3년 전 재종형이 세상을 버렸다는 내용의 부고를 받았다. 우리에게는 친형제와 하나도 다를 것 없던 재종형이 쉰여덟에 돌아가신 것이다. 대구로 내려갔다. 발인 전날 밤에, 장례 절차를 지휘하던 나의 형이 책 한 권을 내게 내밀었다. 굵은 글씨로 축문(祝文)을 차례로 찍은 책이었다. 형은 나에게, 새벽에 발인할 것인즉, '견전축(遣奠祝)'이라고도 불리는 발인축을 독축(讀祝)하라고 했다.

우리 집안의 경우 축문에는 여러 가지 종류가 있다. 축문 이름의 한문은 병기하지 않겠다. 한문에 밝지 못한 사람들 귀에 이것이 얼마나 해괴한 외국어로 들릴지 상상해보았으면 좋겠다. 이것은 소통의 언어가 아니다. 인간 세상에서는 더 이상 유효하지 않은, 귀신을 향한 일방통행의 언어다. 축문에는, 발인 전날 밤 제사 때 읽는 '조전축', 밖으로 들어내려고 관에다 손을 댈 때 읽는 '계빈축', 관을 들어낼 때 읽는 '천구청사축', 운구 도중 고인의 근무지에 잠깐 들러 제를 지낼 때 읽는 '노제축', 장지에 이르러 산신제를 지낼 때 읽는 '산신축', 당숙 부모의 산소 옆에 재종형의 분묘를 쓰면서 올리는 '동강선영축', 매장을 끝내고 성분하기 직전에 올리는 '제주축' 등, 종류가 아주 많다.

나는 형으로부터 축문집을 받아들고 '견전축문'부터 펼쳐보았다.

영이기가
靈輀旣駕
왕즉유택
往卽幽宅
재진견례
載陳遣禮
영결종천
永訣終天

이것밖에 없었다. 한자 위에다 한글 음역이 찍혀 있을 뿐이었다. 이걸 읽어서 어쩌자는 거요, 나는 형에게 대들고 싶었지만 참았다.

이 목숨 끊어진 말을 일삼아 새겨서 살려보면 이런 뜻을 지닌, 피가 통하는 문장이 될 것이다.

이제 상여로 모실 터인즉
곧 무덤으로 가시게 됩니다.
보내어 올리는 예를 베푸오니
이로써 영원한 이별을 삼고자 합니다.

나는 형에게, 한문으로 되어 있는 축문의 뜻을 다 아시느냐고 물어보았다. 형은 다는 알지 못한다고 대답했다. 나는 상주인 젊은 삼종질에게 견전축문의 의미를 아느냐고 물어보았다. 상주는 전혀 알지 못한다고 대답했다. 나는 형에게, 돌아가신 재종형이 그 뜻을 다 알고 있을 것으로 믿느냐고 물어보았다. 형은, 모를 것이라고 대답했다. 나도 그리리라고 믿었다. 재종형은 한문을 깊이 공부한 분도 아니다. 형은 나에게, 그러면 자네는 뜻을 아느냐 하고 물었다. 나는, 약간 과장해서, 안다고 대답했다.

나는 형에게 '견전축문'을 한글로 풀어서 읽겠다고 했다. 읽는 나도 그 뜻을 새기면서 읽을 수 있도록, 상주도 그 뜻을 알아먹고 마음껏 슬퍼할 수 있도록, 상주들 마른 눈물을 다시 샘솟게 할 수 있도록 한글로 풀어서 읽겠노라고 했다. 상주는 상청에서 울음소리가 들려야 제격이다. 상청이 너무 조용하면, '쥐 죽은 듯이 조용하다'는, 지독하게 참람한 말을 듣는다. 우리 고향 어름의 유머다. 나는 살아 있는 말, 살아 있는 자와 세상 떠난 자 사이의 뜻이 서로 통하는 한글로 견전축문을 독축함으로써, 망인의 죽음을 벌써 기정사실로 받아들이고 멀뚱멀뚱 먼산바라기 하는 상주로 하여금 마음껏 울 수 있게 해주고 싶었다.

형은 그럴 수는 없다고 했다. 형이 한글로 풀어쓴 견전축문의 독축을 반대하는 논거는, 우리 어머니 돌아가셨을 때 내 친구 스님이 한문 불경을 음송한 사례였다. 형은, 뜻이야 어찌 되었든 망인(亡人)이 좋아할 터임에 분명하고, 상주에게도 좋을 터이고, 듣는 사람들에게도 좋을 터이고, 또 예부터 그래왔으니까 그냥 한문으로 독축해야 한다고 주장했다. 나는 그럴 수가 없었다. 나는 뻗대기로 했다.

"예부터 그래왔으니까 지금 그러자는 의견에 저는 찬동 못 합니다. 백년 전까지만 해도 우리는 입말로는 우리말, 글말로는 한문을 썼습니다. 백년 전 사람들은, 한문으로 독축을 해도 그게 무슨 말인지 알아먹었을 것입니다. 하지만 오늘날에는 다르지요. 아무도 알아먹지 못합니다. 그런데 왜 그렇게 해야 하는지 저는 모르겠습니다. 저는 못 합니다."

나는 한글 독립 선언이라도 하는 기분으로 분연히 맞섰다. 형은 내가 만일에 축문을 한글로 독축하면 우리 마을의 타성(他姓)바지들이 우리 집안을 우습게 볼 것이라면서 머뭇거렸다. 그때 내 뇌리에 가장 먼저 떠올랐던 사람이 바로 '새대가리' 세대 아재였다. 재종형의 선산도 고향 마을에서 매우 가까웠다. 새대가리가 틀림없이 달려와 사사건건 시비를 걸 터였다. 아이고 지겨워라. 관혼상제례를 어떻게 치르는지 가만히 비교 분석함으로써 자신이 속한 성씨(姓氏)의 비교 우위를 증명해내는 일, 이거야말로 새대가리의 취미 생활이었다.

"'새대가리'가 김씨 대표 선수로 출전해서 딴지 걸까 봐서요?"

"아이고, 생각만 해도 싫다, 싫어."

형은 반드시 한문으로 읽어야 한다고 했다. 내가 아는 한, 재종형의 장지 가까이 있는 우리 고향 마을 사람 중에 그 한문을 알아들을 수 있는 사람은 없었다. 나는 끝내 한문 축문의 독축을 사보타주했다. 결국 견전축문은 나를 대신해서 운구 버스 운전 기사가 독축했다. 운전 기사는 손바닥 뒤집듯이 뚝딱 해치웠다. 축문의 의미가 전달되지 않으니 독축은 낭독이 되어버렸다. 팁 2만 원이 나갔다고 했다.

집안의 형님들은 나의 사보타주를 섭섭하게 여기는 눈치를 보였다. 하지만 내가 그날 처음으로 형님들을 섭섭하게 만들었던 것은 아니다. 아들과 딸이 차례로 태어났을 때 나는 형님들과 한마디 상의도 없이 아이들 이름을, 한자로는 표기할 수 없도록 한글 이름으로 지었다. 우리 집안의 22대 손(孫)인 내 아들의 한글 이름은, 우리 족보에 처음으로 등장한 한글이기도 하다. 한글이 창제되고 나서 실로 533년이 흐른, 1979년의 일이다. 장형이 돌림자에 맞추어 지어놓은 내 아들의 한자 이름은 엉뚱하게도 '자(字)'라는 별명(別名)으로 족보에 올라 있다. 내 아들은 우리 집안에서는 드물게도 첫돌 갓 지나 '자'를 얻은 20세기 끝자락의 아이이기도 하다.

나는 한글로 아들딸 이름 지은 폭거를 한글 이름의, 우리 글 이름의 독립 선언이라 부르는데, 독립을 선언한 지 20 수년이 지난 시점에 내가 어떻게 한문으로 된 축문을, 뜻도 모르는 사람 앞에서 읽는 일이 있을 수 있겠는가? 어림도 없는 일이다. 말을 부리는 삶에 관한 한 나는 내 실존적 습관에 어긋나는 짓은 결단코 하지 못한다. 신문 하단에 실리는 부고, 쓰는 놈도 그 뜻을 모르고 읽는 놈도 그 뜻을 모르기 십상인 '자이부고(玆以訃告)'는 나를 슬프게 한다. '슬픈 소식을 전합니다', 이러면 왜 안 되는데?

국민학교 시절, 나는 공부를 참 쉽게 했다. 내 또래 아이들은 '한류'와 '난류'를, 전자는 차가운 바닷물의 흐름, 후자는 따뜻한 바닷물의 흐름, 이런 식으로 따로 외지 않으면 안 되었다. 내게 '한류(寒流)'는 '찰 한(寒)'과 '흐를 류(流)'일 뿐이었다. 한자의 뜻을 풀면 되는 만큼 낱말을 따로 욀 필요가 없었다. 국어 공부는, 어린아이 팔 비틀기였다. 1950년대라는 시대가 문자 환경의 점이적인 시대였기 때문일 것이다. 나만큼 '한자'의 덕을 입은 사람은 많지 않을 것이다. 그래서 나는 한문을 사랑하고 전통 문화에 묻어 있는 한자를 사랑한다. 그러나 무턱대고 사랑하지는 않는다. 내가 사랑하던 한문이나 한자가 우리의 대를 이을 다음 세대 젊은이들에게는 벌써 하나의 억압이 되어 있다. 나는, 우리말이 되었든 남의 말이 되었든, 어떤 형식으로든 언어로써 사람을 억압하고 싶지 않았다.

고향의 마을 회관 들여다보고 서울로 돌아왔다. 고향 일은 깡그리 잊었다. 내가 세대 아재를 한 번이라도 떠올렸으면 개아들이다. '고향'이라는 말을 들어보기는 했다. 세대 아재는 거의 대부분의 경우 내 고향의 따뜻한 풍경의 일원으로 합류하지 못한다.

고향과, 지금 내가 살고 있는 곳을 끊임없이 오가는 나의 경우만 그런가. 타향에서 '고향'을 떠올리면, 과거의 시간 쪽으로 닫혀 있던 내 머리 속의 뒷문이 확 열린다. 과거의 시간은 내 뒤에 있기 때문에 그럴 것이다. 내 앞에 있는 것은 현재의 시간이고 현재의 사건인 것 같다. 현재를 살고 있을 동안 그 뒷문이 저절로 열리는 일은 매우 드물다. 뒷문이 열리는 일은 '고향'이라는 말이, 과거의 기억을 촉발하는 경우에만 일어난다.

내가 살고 있는 것은 시시각각으로 현재화(現在化)하는 미래의 시간이다. 미래는 현재가 되었다가 재빨리 과거화한다. 따라서 나는 과거와 미래 사이에 현재라는 이름의 접속사로 존재한다. 그런데 이것이 한꺼번에 무너지는 순간이 있다. 내가 고향 마을에 발을 딛는 순간이다. 내가 어린 시절을 보낸 고향 마을에는 조상의 무덤이 있다. 우리가 살던 옛집이 있다. 과거에 우리와 상종하던 사람들이 조금도 달라진 것 같지 않은 모습으로 살고 있다. 나의 과거는 물론, 지금은 세상 떠난 내 부모의 과거까지 잘 아는 사람들이 있다. 그래서 고향에 마을에 발을 딛는 순간, 시간의 전후는 헝클어져버린다. 혼자 고향을 방문할 경우엔 더욱 그렇다. 혼자 방문할 경우, 나는 접속사 노릇을 그만두고 그만 과거에 편입되어버린다. 그런 고향에서, 서울로 돌아가서 다음날 할 일을 정밀하게 생각하는 것은 거의 불가능에 가깝다. 헝클어진 시간을 수습하고 시계를 제대로 돌리는 일은 고향 마을의 동구 밖을 벗어나야 가능하다. 누구에게나 일어나는 일인지, 내게만 일어나는 일인지, 고향 이야기를 쓸 때마다 나는 궁금해한다. 보라. 나는 고향을 얼마나 사랑하는가? 하지만 누군가가 나에게 거기 눌러 살라고 명한다면 나는 거절할 것이다. 고향이라는 게 나라는 인간의 뿌리인 것은 틀림없다. 하지만 고향이라는 것은, 내가 떠나야 할, 버려야 할 그 무엇이기도 했다.

3월 중순, 찌르릉, 나른한 오후 시간대의 전화에 내가 걸려들었다. 누군가가 무식하게 전화통에다 대고 빽빽 소리를 질렀다. 세대 아재였다. 세대 아재의 전화 받아보기는 유사 이래 처음이었다. 때문에 본인 확인이 오래 걸렸다.

"자네, 내가 며느리 보면 내려오겠다 캤제?"

"사람 나섰어요?"

"암만, 나섰고말고."

"정초에 안 나섰던 사람이 3월에 다 나서고…… 영감, 어지간히 바쁘셨던 게다."

"안 될라 카이 안 되드만, 될라 카이 퍼떡 되어뿌데."

"아직도 예식장은 안중에 없으시고?"

"암만. 나는 성에 안 차. 내 했던 대로 시켜줘야지. 원삼 족두리 없고 사모관대 없는 혼인, 나는 성에 안 차."

“약속했으니 가야지. 그런데 신부 댁이 어디래요?”

“우리집.”

“이 영감이 수양딸로 며느리 삼나…… 전안례를 올리자면 신부 댁에서 올려야지 신랑 댁에서 올리는 법이 어디 있소? 따진다며? 다 예법에 맞게 따져가면서 한다며?”

“그렇게 되었네.”

날짜와 시간을 메모하고 보니 난감했다. 도무지 즐거운 마음이 일어나지 않았다. 쇠똥 피하려다 개똥에 코 박은 형국이었다. 못 간다고 할 걸, 그 날짜 어름의 스케줄을 전광석화같이 발명할 걸 싶었다. 하지만 조상 산소가 그 마을에 있는데, 새대가리 비위 거슬러서 좋을 것 없지 싶은 생각에, 영감, 영감, 해쌓으면서 친한 척 했던 것 같다.

고향 갈 때마다 마음밭에 묻어드는 느낌이 있다. 고향의 시간은 고여 있다는 느낌이다. 고여 있는 것이 아니라면 더디 흐른다는 느 낌이다. 그것을 견디는 데 나 같은 사람은 허약하다. 그런 사람이 라서 그랬을까. 나는 떠났다. 내 고종형 같은 분이나 고종형과는 동갑인 새대가리 같은 인간이 고향을 지켜주는 것은 고마운 일이 다. 하지만 내 고종형은 자신이, 시간이 고여 있는 곳, 고여 있는 곳이 아니라면 더디 흐르는 곳에 처하고 있다는 것을 잘 알고 있 다. 그는 세상이, 자기가 따라잡지 못할 정도로 빠른 속도로 변해 가고 있다는 것을 잘 알고 있다. 그래서 뭘 물으면 ‘내가 뭘 아나’

로 일관한다. 그러나 새대가리는 다르다. 우리 형제들이 새대가리를 싫어하는 데는 여러 가지 이유가 있다. 그중에서 가장 두드러지는 것이, 어릴 적부터 은근히해온 양반 자세(藉勢)였다. 그가 입버릇처럼 하는 말이 '본데없다'는 것이다. '본데'는 '양반으로서의 견문(見聞)'이라는 뜻으로 쓰였던 것 같다. 그는 내 장형, 고종형과 동갑이었다. 어린 시절, 나는 이 동갑내기 세 사람의 논쟁을 끝도 없이 보아왔다. 나중에 『걸리버 여행기』에서, '계란은 과연 어느 쪽을 깨뜨려서 먹어야 옳은가'라는 문제를 놓고 격론을 벌이는 소인국(小人國) 사람들 이야기를 읽었을 때 나는 세 동갑내기들의 격론을 떠올렸다. 기억하시는지? 소인국의 한 무리는 계란의 뭉툭한 쪽 껍데기를 깨뜨려서 먹어야 제대로 먹는 것이라 주장하고, 다른 한 무리는 갸름한 쪽 껍데기를 깨뜨려서 먹어야 이치에 맞는다고 주장한다. 주장만 하는 것이 아니다. 주장하는 데 그치지 않고 상대편에게도 그렇게 할 것을 요구한다. 결론이 카랑카랑하게 나지 않고, 상대가 설득당할 기미를 보이지 않자 두 진영의 대표는 자리를 박차고 일어나면서 소리친다.

"그렇다면 전쟁이다!"

실제로 이 두 소인족은 이 일로 전쟁을 치되 대가리가 터지게 친다.

나는 지금도 된장에다 풋고추 찍어 먹을 때는 오른손으로는 고추 끝을 잡고 밑동을 된장에다 푹 찍어서 먹는다. 말하자면 굵은 쪽을 먼저 먹는 것이다. 굵은 쪽에서 먹어들어가다가 손가락 사이에 남는 고추 끝은 버린다. 고추 끝은 매운 맛이 없고 비린 맛만 있어서 입맛을 버리기 십상이기도 하려니와 어릴 때부터 그렇게 배워왔기 때문이기도 하다. 그걸 가르쳐준 사람이 새대가리 아재다. 새대가리 아재는, 양반은 고추를 먹어도 꼭 밑동, 즉 굵은 쪽부터 먹어야 한다고 주장했다. 근거가 있는 소린지 없는 소린지 나는 아직도 확인해보지 못했다.

내 고향 마을 사람들에게는 '난 데〔他地〕' 사람들을 평가하는, 말하자면 본데있는 집안 사람인지 막가는 집안 사람인지를 평가하는 기준이 있다. 어느 집안 출신인가, 옛 말귀는 알아먹는가, 반가(班家)의 배타적인 풍속 세례에 어느 정도 접근해 있는가, 이런 것들인데, 내 고향 사람들이 가장 궁금하게 여기는 것은 처음 만나는 사람의 성씨와 관향, 즉 본관이다. 처음 만나는 사람에게 이걸 제일 먼저 물어보는 것은, 상대에 견주어진 자신의 위치 정하기, 즉 정위(定位)부터 해야 하기 때문일 것이다. 이 사람에게 공대해야 할 것인가, 하대해야 할 것인가? 하지만 이런 잣대로써 하는 평가 자체는 악의에 차 있다. 좋은 점을 톺아내어 보아주는 예는 희귀하다. 악의에 찬 평가의 대상이 된 사람들은 주로 '난 데'에서 우리 고장으로 장가들어오는 타성바지 새신랑들이었다. 그들에 대한 처가 마을 사람들의 신래침학(新來侵虐)은 글자 그대로 가학적이기까지 했다.

지금 생각하면 그 기준이라는 것도 해괴하기 그지없다. 우리 고장 사람들은, 새신랑이 처가에서 첫 밥상을 받았을 때 숟가락을 들고 밥상 위의 장물(간장)부터 맛보아야 양반으로 쳤다. 믿어지지 않겠지만 그랬다. 곽씨 부인이라는 이인(異人)이 칠첩반상기로 차린 밥상에서는, 간장 종지의 뚜껑부터 열지 않으면 다른 그릇의 뚜껑은 절대로 열리지 않는다는 전설이 있을 정도다. 나는 곽씨 부인 이야기를 새대가리 세대 아재로부터 들었다.

우리 고장 사람들은 밥을 먹다가 혹 다급한 마음에 밥그릇을 한 손으로 들고 먹는 새신랑이 있으면 아주 돌상놈으로 치고는 했다. 한 손으로는 밥그릇을 들어 입 앞에다 대고 젓가락으로 퍼넣듯이 우겨넣은 새신랑이 있었다면 두고두고 돌상놈의 표본이 되고 말았을 것이다. 세대 아재가 그냥 두지 않고 씹어댈 것이기 때문이다.

세대 아재에게 들려주고 싶다. 일본인들은 늘 한 손으로 밥그릇을 들고 먹는다. 일본인들은 숟가락은커녕 젓가락으로 거머들이듯이 밥을 먹는다. 일본인들 밥상에는 아예 숟가락이라는 게 오르지 않는다. 된장국은 그릇째 들고 후루룩후루룩 마신다. 그들의 주장에 따르면, '밥그릇을 바닥에다 놓고 먹는 것은 집짐승들뿐'이다. 그래서 그들은 반드시 밥그릇을 들고, 퍼넣듯이 먹는다. 내 고향 사람들 눈으로 판단한다면, 이렇게 먹는 것은 다 돌상놈들인데, 이 돌상놈들의 지배를 받게 되었으니 세대 아재를 비롯한 소위 양반들 체면이 얼마나 참담하게 구겨졌을 것인가.

입대 직전, 세대 아재 술잔에 술을 따르다 혼이 난 적이 있다. 술은, 오른손에 쥔 술병을 왼편으로 기울이면서 따르는 것이 보통이다. 그날은 나와 그의 위치 때문에 그랬을 것이다. 오른손에 쥔 술병을 뒤로 기울이면서, 말하자면 오른쪽으로 기울이면서 술을 따랐다. 새대가리가 기겁하는 시늉을 하면서 소리쳤다.

"내가 서자(庶子)라? 내가, 첩의 자식이라?"

나는 적자(嫡子)에게 술 따르는 법, 서자에게 술 따르는 법이 따로 있다는 것을 알지 못했다. 정말 그런 법이 있는지, 세대 아재 말마따나 그걸 오른쪽 왼쪽으로 구분하는지 확인하지 못했다.

윷가락 잘못 던졌다가 혼이 난 경우도 있다. 오른손에 쥔 윷가락을 왼쪽으로 던져야 한단다. 잘 모르고, 오른손에 쥔 윷가락을 오른쪽으로 비스듬히 던졌다가 세대 아재의 잔소리를 들어야 했다.

"그것은 외손(外孫)들이 외가에 갔을 때 쓰는 척사법(擲柶法)이다. 여기는 니 외가가 아닌 만큼 왼쪽으로 비스듬히 던져야 법답다. 니 나이가 도대체 및이고?"

그런 법이 정말 있었던가? 그거, 세대 아재가 잘난 척하느라고 지어낸 말인 것 같다.

어느 한식 때의 일이다. 내 나이 마흔 중반이었을 것이다. 우리 선산에는 모두 여섯 기의 산소가 있다. 혼자 성묘 갈 경우, 여섯 기에 성묘하면 제주(祭酒) 여섯 잔은 음복(飮福)하게 된다. 제주 여섯 잔을 마셔놓았으니 온몸이 나른해질 수밖에. 한식이어서 봄바람은 또 어쩌면 그리도 비단결같이 보드랍던지. 어머니 산소에 기대어 유행가 「봄날은 간다」를 흥얼거리고 있었다.

"잘한다, 잘해. 니 나이 및이고? 제 어미 산소에 기대어 유행가나 부르고……."

새대가리 같은 세대 아재 눈에는 내 눈의 눈물도 보이지 않았던 모양인가? 나는 욕이 하고 싶어서 욕을 했다.

"아재, 이거는 너 어매 산소 아니고 우리 어매 산소요."

우리 어릴 때 음식물에 체하면 바늘로 손가락 끝을 땄다. 이걸 '체증따기'라고 불렀던 것 같다. 입학하기 전에 토란대로 끓인 국을 잘못 먹고(과식이었던가) 숨넘어갈 정도로 체한 적이 있다. 나는 할머니 등에 업힌 채 세대 아재의 아버지, 그러니까 내게는 할머니 쪽에서 보면 매우 가까운, 할아버지 방으로 옮겨졌다. 할아버지가 내 몸을 주무르고 팔을 주물러 피를 손끝에 모이게 하고 손끝을 땄는데 신통하게 트림이 나면서 체증이 내려갔다. 나는 이것밖에는 기억하지 못하는데, 뒷날 세대 아재가 이런 말 했다는 소리를 들었다.

"아버지가 체증을 땄으니 이제 우리집도 양반 소리 듣기는 글러뿌렸다."

지금 생각해보니 그 까닭을 알겠다. 조선조에 의사는 중인(中人)이어서 양반 대접을 못 받았다. 세대 아재는 산골짝 마을에서 땅이나 뒤져먹던 주제에 중인 알기를 조선조와 다름없이 우습게 알았던 모양이다. 그 양반이 그래서 나를 우습게 알았음에 분명하다. 저것이 미국에서 공부한다지만 잘해봐야 지가 역관(譯官)밖에 더 되겠나, 싶었을지도 모른다. 조선 시대에는 역관도 중인이었다.

　새대가리 세대 아재는 국민학교 다니기를 전후해서 『천자문』 『명심보감』『동몽선습』 그리고 『소학』을 뗀 것으로 나는 알고 있다. 세 동갑내기와 함께, 한문에 밝은 분을 스승으로 모셨다. 나도 뒤에 그분한테 배웠다. 『논어』라는 말이 그의 입에서 자주 나왔지만 나는 그가 그 책을 어느 정도 깊이까지 읽었는지 잘 알지 못한다. 그런 책 읽는 것은 좋은 일이다. 내 고종형이나 세대 아재나 그 뒤로 교육을 더 받지 않은 것은 마찬가지다. 그런데 두 사람의 태도는 영판 다르다. 내 고종형은, 사람이 해야 할 공부가 이 세상에 참 많다는 것을 알고 있다. 그래서 그때 읽은 책 이름을 입 밖에 내는 것을 거의 보지 못했다. 하지만 세대 아재는 그것만 품고 사는 사람, 따라서 걸핏하면 그것으로 타인을 불쾌하게 만들고 마는 그런 사람이었다. 그는 어떤 경우를 만날 때마다 요긴하겠다 싶으면 자기가 읽은 책을 조자룡 헌 칼 쓰듯 했다. 견강부회한다는 의미에서 장님 문풍지 바르듯이 했다.

　쥐뿔도 모르면서 나서기를 좋아하는 새대가리…… 세대 아재에게 참 잘 어울리는 말이다. 세대 아재를 생각하면, 조그만 뿔이 두개 앙증맞게 돋아올라 있는 쥐색 새대가리가 떠오르고는 한다. 그가 만일 제 몸 감추기에 좋은 휘장 하나 둘러쓴 채로 홀연홀몰하면서, 아니면 그 휘장 안팎으로 홀연홀몰하면서 남을 억압하는 인간이 아니었더라면 나는 그를 별로 싫어하지 않았을 것이다. 저도 모르는, 매우 어려운 전례어(典例語)를 생활화함으로써 타인으로 하여금 그 진정한 의미를 알고 쓰는 것으로 착각하게 하지 않았더라면 나는 그토록 그를 싫어하지는 않았을 것이다. 세상이 변하면, 우리의 공생 윤리 또한 변해야 한다는 사실 인식에까지 이르지는 못했다고 하더라도, 제가 배운 공생 윤리에 대한 병적인 집착만 놓았어도 나는 그를 그렇게 싫어하지는 않았을 것이다.

21세기 들어서도 나는 두 차례 세대 아재로부터 혼이 난 사람이다. 10여 년 가까운 미국살이를 청산하고 서울에 다시 정착한 직후였으니, 2년 전이다. 고향 마을로 가는데, 전부터 자주 다니던 길을 두고 산을 넘어보기로 했다. 국민학교 다닐 때 걸어다니던 길로 한번 가보려고 했다. 길은 없어진 지 오래였다. 민둥산이 울울창창한 숲이었다. 길을 잃고, 방향만 대충 잡아 고향 마을 쪽으로 숲을 뚫고 걸었다. 몇 시간 걸려 숲을 뚫고 나오니 개울 가까운 곳에 고욤나무와 대추나무와 뽕나무가 보였다. 가죽나무도 있고 감나무도 있는 것으로 보아 그곳 또한 마을 자리였던 것 같았다. 방향 가늠이 안 되어 그곳이 옛날 우리가 살 때는 초라하나마 이웃 마을이 번듯하게 있던 자리인 것을 알지 못했다.

논에는, 마침 둑을 손질하러 나온 사람이 있었다. 쉰 살 이쪽저쪽이 되어 보였다. 당연히 낯익어 보여야 하는데 그렇지가 않았다. 고향 마을 사람들도 지난 반세기 동안 많이 바뀌었다.

"실례지만…… 여기가 어딥니까?"

“어데 가시니껴?”

농부가 반문했다.

“골안〔谷內〕 갑니다.”

“차림새를 보니 여 사람이 아인갑네…….”

“여기가 도대체…….”

“여가 어디냐니…… 내가, 저승이 아닌 이승이라고 해야 하니껴, 이북이 아닌 이남이라고 해야 하니껴? 어데 가니껴?”

“골안이라니까요.”

“그런데…… 골안에는 와요?”

“골안 정승호 댁에 갑니다.”

“정승호와는 어예 되니껴?”

“내 종형입니다.”

“친가 쪽이니껴, 외가 쪽이니껴?”

“내종(內從)입니다.”

“가만있자, 내종이라 카마…….”

시골 사람들 잘 이런다.

“아니, 가르쳐줄 겁니까, 말 겁니까!”

그게 짜증스러워 그랬는데 목소리가 좀 컸던 모양이었다. 농부가 약간 기가 질렸는지 몸을 가만히 비키는데, 자세히 보니 뒤에 한 사람 더 있었다. 세대 아재의 자그만 몸이 그 사람에 가려 내 눈에는 보이지 않았던 모양이었다. 이 ‘새대가리’, 발끈 성을 내면서 욕부터 내어놓았다. ‘자네’는 어디로 가고 ‘니’가 먼저 튀어나왔다.

"니, 이놈아. 미국 놈 똥구영 빨다 온 놈이, 뭘 잘했다고 빽빽 소리를 지르노. 대처(大處) 물 좀 먹으면 나락 보고도 쌀나무라 칸다 카드이…… 고향에 와서 고향을 물어? 골안 뒤꼭지에서 골안을 찾아? 저희 선산 뒤꼭지에서 열명길을 물어? 야, 이놈아, 네 죽어서 파묻힐 데가 저 언덕이다."

얼떨결에 말따귀를 맞고 보니 나도 화가 났다. 돌아서면서 한마디 하지 않을 수 없었다.

"거, 시바…… 아무도 안 보는 줄 알았더니, 내가 미국 놈 똥구영 빠는 걸 본 놈이 있었구나."

"뭐라 캤노? 니 시방 나보고 '놈'이라 캤나?"

"거, 시발 놈…… 귀 되게 밝네."

아재에게 '놈'자를 두 번이나, 그것도 한 번은 더할 나위 없이 걸쭉하게 써보았으니 벌충은 대강 된 것 같아서 더 이상 안 싸우고 내가 피했다. 그 사람 나한테 욕 참 많이 얻어먹었다.

그로부터 서너 달 되었나, 외국에서 공부하던 아들이 서울로 들어왔다. 서울 드나들려니 병역 의무 미필자(未畢者)의 병무(兵務) 서류 챙기는 일이 귀찮고 불쾌해서, 아예 군복무를 마치고 다시 나가고 싶다고 해서 그러라고 했더니 보따리를 싸가지고 들어온 것이다. 선산 성묘부터 시키고 싶어 데리고 고향으로 갔다. 나는 아들에게, 선산 성묘부터 챙기는 게 자식에 대한 아비의 억압 같지 않으냐고 물어보았다. 나는, 새대가리를 욕하고 미워하다가 새대가리를 닮아가고 있는 것이 아닌지 두려웠던 게 분명하다. 욕하다가 닮는다니까. 아들은, 꼭 선산 성묘하러 간다기보다는 오래 보지 못한 시골 여행하는 가벼운 기분으로 가는 것이니 부담스럽지 않다고 했다. 고마웠다. 나도 더러는 그랬다.

성묘하고 내려와 고종형 댁에서 하루 묵기로 하고 술 곁들여 저녁을 먹고 있는데 세대 아재가 왔다. 나 만나러 온 것이 아니고, 동갑내기인 내 고종형과 술이라도 한잔할 겸 마실 나왔던 모양이다. 술이 몇 순배 돌자 세대 아재가 대뜸 내 아들에게 시비를 걸었다.

"니는 앉음새가 그기 뭐고?"

"네?"

아들이 반문했다. 서울에서 태어나 미국에서 자라다시피 한 아들은 우리 말을 잘해도 경상도 사투리는 거의 알아듣지 못했다. 어른이 무슨 말을 하면 황급히 앉음새를 고쳐야 하는데도, 아들에게는 그 습관이 몸에 붙어 있지 않았다. 나는 그것 안 가르친 것을 별로 후회하지 않는다. 그러니까 내 아들은 벽에다 등을 대고, 다리를 뻗은 채 새대가리 세대 아재에게 반문했던 셈이 된다.

"니는 앉음새가 그기 뭐고 말이다."

"그게 무슨 말씀이세요?"

"가랭이 쭉 벌리고 앉아서…… 어른이 말 묻는데, 얼른 두 다리 못 거둬들이나?"

"왜 그러세요."

"참 말셀세, 말세. 손(孫) 보기가 무섭다, 무섭다."

"아버지, 할아버지 뭐라고 하는 거예요?"

아들이 내게 도움을 청했다. 아들 앞에서 새대가리와 또 한판 하게 생긴 셈이었다. 새대가리가 또 한차례, 내 입에서 나간 욕을 얻어먹게 생긴 셈이었다.

"아재, 요새 애들은 책상다리 못 해요. 아재가 양해하세요."

"뭐라?"

새대가리의 양미간이 좁으장해졌다. 석 달 전 '놈'자 소리 들었을 때의 사무치던 원한을 그 자리에서 풀어볼 모양이었다. 나도 숨을 고르지 않을 수 없었다.

"자네는 아아들한테 앉음새도 안 가르치나? 어른 앞에서는 꿇어앉아야 한다는 거 안 가르치나? 핀하게 앉거라는 소리를 들어야 비로소 책상다리 앉음새로 앉아야 한다는 거 안 가르치나?"

"아저씨, 그걸 왜 가르치는데?"

이 말 한마디는 새대가리 요격(邀擊) 준비 완료 신호였다. 내 고향에서 '아재'를 '아저씨'라고 부르는 것은 싸우자는 소리다. '아지매'를 '아주머니'라고 부르는 것도 마찬가지다. 이렇게 불러버리면 존칭이 아닌, 가치 중립적인 호칭이 되어버리기 때문이다.

"아저씨, 그걸 왜 가르치는데? 이놈아가 이거, 니 토막쌀 머었나, 아재비 앞에서 말은 왜 툭툭 분지르노?"

"아재가 도대체 아재 같아야지. 자식 앞에 앉혀놓고 아비한테 이게 무슨 짓이오?"

"니한테 그럴 자격 있나?"

"무슨 자격?"

"아부지 노릇 할 자격."

"이런 젠장, 그래도 아재한테 절은 시키지 않았소? 나도 하고 내 아들도 하고 안 그랬소? 가만, 가만, 아재한테 절 받은 자격 있는지 그것부터 따져볼 걸 그랬네."

"옛말 그르지 않고말고. 그래, 그 나물에 그 밥이라고 했다. 자식 귀에 들어가게 하기 민망하다니까 한문 신세 지자. '불신이어든 단간첨두수하라 점점적적 불차이니라'."

"아재, 그 말뜻 알고나 써요? 믿어지지 않거든 처마에 물 떨어지는 걸 봐라, 앞 물방울 떨어진 자리에 뒤 물방울 떨어진다, 이러면 왜 안 되는데? 네미, 뜻도 모르면서 문자는?"

"우리 뿌리가 거 있다."

"너무 깊이 박혔어."

나는 아들딸에게 무릎 꿇는 걸 가르치지 않았다. 책상다리 앉음 새도 가르치지 않았다. 그럴 필요를 느끼지 않았거니와, 가르쳐도 내 아들이 도저히 배울 수도 없고 배울 필요도 없기 때문이다. 새대가리는 신장 165센티미터에 체중은 50킬로그램쯤 나가는 사람이다. 새대가리는 몸의 형편이 그런데다 훈련까지 잘되어 있어서 하루 종일 책상다리 앉음새로 앉아 있을 수 있다. 게다가 시골집에서는 그렇게 앉을 수밖에 없다. 의자가 아예 없다시피 하기 때문이다. 하지만 내 아들은 중학교 1학년 때부터 대학 학부를 졸업할 때까지 미국에서 자라고 살았다. 미국에는 책상다리 앉음새로 앉을 데가 없다. 꿇어앉을 데도 없다. 새대가리는 나에게, 한국으로 들어와서 살 경우에 대비해 그런 앉음새를 가르치지 않았다고 성을 낸 모양이지만 그 또한 모르는 소리다. 내 아들은 신장 186센티미터에 체중은 90킬로그램이 넘는다. 내 아들뿐만 아니다. 요즘 애들이 얼마나 큰가. 요즘 청년들 중에, 쪼그리고 앉았다가 그 자세로 그대로 일어설 수 있는 청년은 절반도 안 된다고 한다. 요즘 아이들에게는, 쪼그리고 앉았다가 그 자세 그대로 일어서본 경험이 거의 없다. 지금은 키 177센티미터인 내가 키다리 소리를 듣던 시대가 아니다. 나도 지금은 책상다리 앉음새로 몇 시간씩 버틸 수 있다. 하지만 담배 끊고 체중이 불어 74킬로그램을 상회할 당시는 나역시 책상다리 앉음새가 부담스러웠다. 조금만 앉아 있어도 다리가 저리고, 몸을 단단히 곧추세우지 않으면 몸이 뒤로 무너지고 하는 바람에 애를 먹은 적이 있다. 그래서 이렇게 말하고 싶지만 참았다. 야, 이 새대가리야, 그걸 왜 가르쳐?

나는 세대 아재와 같은 세대에 속한다. 그래서 그가 오류를 지적하면 대개의 경우, 옛것을 고집하는구나, 이렇게 생각하고 고치는 시늉을 한다. 같은 윤리와 도덕을 호흡하기 때문이다. 하지만 내 아들은 전혀 다른 세상에서 전혀 다른 윤리를 살아가야 한다. 나는 내 아들 세대에게 우리 세대의 예법을 넘겨주는 것을 거절한다. 새 세상에 알맞은 공생 윤리를 마련해주든지, 저희들이 마련하도록 격려해야 한다고 생각한다.

하지만 그날 밤 나는 세대 아재에게 설명하지 않았다. 첫째는 아무리 가르쳐주어도 대가리가 새대가리라서 자꾸 잊어버릴 것이기 때문이고, 둘째는 그런 친절을 베풀고 싶지 않았기 때문이다. 나는 조리 있는 설명을 통해 설득당한 상대가 설득한 자에게 호감을 갖는 경우를 본 적이 없다. 남는 것은 미움뿐이다.

나는 욕을 잘하는 사람이라서 그 장기를 살려 새대가리가 얼얼해지도록 욕만 실컷 해주었다. 내 고향 사람들은 욕을 잘하지 못한다. 음담패설도 잘 못한다. 고향에서 멀지 않은 안동 사람인 내 선배 김원길 시인에 따르면 안동 사람이 욕 잘 못하고 음담패설 잘 못하는 것은, 유교적 덕목이라고 할 수 있는 '인의예지(仁義禮智)'에 벗어나는 언행을 기피하기 때문이다. 타인에게 상처나 입히는 '인의예지', 그거 나에게는 쥐뿔이다. 나는 욕할 때는 안면 몰수하고 한다. 시발 놈, 눈깔을 확 뽑아 문지방에다 놓고 문을 쾅 처닫아버릴라…… 이죽거리기를 좋아하는 세대 아재도 이런 고폭탄(高爆彈) 한 방이면 조용히 그냥 간다. 명색이 아재비라서 새대가리에게 이런 욕을 하는 일은 거의 없지만 내 입에는 이와 유사한 욕이 여러 발 장전되어 있다. 발사하면 여러 놈 조용히 간다.

지금도 내 고향 사람들은 옛말을 잘 쓴다. 자랑으로 여기고 그러는 것일까, 아니면 아는 것이 그것밖에 없기 때문에 그러는 것일까? 전자 쪽으로 혐의가 많이 기운다. 말이라는 것이 섬겨야 할 가장 높은 덕목은 무엇일까? 아마 소통일 것이다. 그런데 내 고장에는 소통을 목적으로 한다기보다는 과시를 목적으로 하는 듯한 말들이 무성하다. 물론 내 고향 사람들 사이에서는 소통에 아무 문제가 없다.

신혼 시절 아내와 함께 고향에 갔을 때, 당시 마흔이 채 못 된 내 고종형이 아내를 불렀다.

"종수씨, 이리 좀 와 보시이소."

종수(從嫂)는, 외종제(外從弟) 곧 외사촌 동생의 아내라는 뜻인데 내 아내는, 이름이 '종수'라는 사람을 부르는 줄 알고 고개조차 돌리지 않았다.

"관향을 어디로 쓰시니껴?"

서울에서와는 달리 내 고향에서는 이런 질문을 자주 받는다. '관향(貫鄕)'은 '본관(本貫)'을 뜻한다. 이상하게도 이 질문을 자주 받는다. 서울 사람들에게는 남의 관향이 조금도 궁금하지 않다. 하지만 내 고향 사람들에게는 이게 여간 궁금한 것이 아니다. 가령 버들 류자(柳字)를 성씨로 쓰는 하회 유씨(河回柳氏) 유 아무개가 이런 질문을 받을 경우, '하회 유가(河回柳哥)'입니다 하고 대답해야지, '하회 유씨'입니다 하거나 '버들 유가'입니다 했다가는 두고두고 웃음거리가 된다. 대답 제대로 못 하는 난 데 사람 만나면 제일 좋아하는 사람이 내 고향 마을의 세대 아재 같은 이다.

"시하니껴?"

보라. 한자를 병기하지 않으니 외국어 같다. '시하(侍下)'란 부모나 조부모를 모시고 있는 사람을 뜻한다. 그러니까 이 물음은, 조부모·부모가 살아 있느냐는 뜻이다. 조부모·부모 다 생존할 경우는, 층층시하(層層侍下)입니다 하고 대답해야 한다. 아버지만 생존해 있을 경우는 엄시하(嚴侍下), 어머니만 생존해 있을 경우는 자시하(慈侍下)입니다 하고 대답해야 사람 대접을 제대로 받는다. 끝도 없다. 나는, 우리 고향 사람들이 왜 아직도 남의 할아버지를 '왕존장(王尊丈)', 남의 아버지를 '시상(侍上)', 남의 숙부를 '완장(阮丈)'이라 부르기를 고집하는지 많이 궁금해한다.

내가 좋지 않게 보는 것은, 이런 말들이 남에게 상처 줄 목적으로 악용되는 경우다. 내 어린 시절, 악용의 대상이 된 것은 주로 난데(外地)에서 우리 고장으로 장가들어오는 타성바지 새신랑들이었다. 이제는 쓰이지도 않는, 외국어나 다름없는 옛말로써 새신랑들에게 언어 폭력을 가하는 이 악습의 최전선에, 차세대 타성바지를 비아냥거리고 제 동아리의 교양을 우쭐대는 쥐알만한 조무래기들의 선두에는 늘 세대 아재가 서 있었다. 나도 내 처가(妻家)의 한 조무래기로부터 이런 유의 질문을 받은 적이 있다. 그 조무래기가 내게 물었다.

"안항이 몇인고?"

형제가 모두 몇이냐는 질문이었다.

"일곱 마립니다."

내가 대답했다.

"무슨 대답이 그러노?"

“‘안항(雁行)’이라면 기러기떼 아닙니까? 더할 것도 없고 뺄 것
도 없이, 일곱 마리니까 일곱 마리라고 할밖에 더 있습니까?”

나는 미운 사람이 며느리 보는 자리에 가야 했다. 안 갈 수 없는
까닭은 이미 충분히 설명한 것 같다. 대도시 예식장에 가는 것이
아니라 내 고향 마을에 가야 했다. 나는 성묘나 집안의 궂은일 아
닌 일로 고향에 한 번도 간 적이 없다. 활시위 당기는 김에 코 닦는
다고, 새대가리 혼인 보러 가는 김에 성묘 한번 더 하고 오는 일도
그리 나쁜 일은 아니다 싶었다. 이런 식으로 여행해야 할 경우 내
가 잘 써먹는 방법이 하나 있다. 꼭 선산 성묘하러 간다기보다는
오래 보지 못한 시골 여행하는 가벼운 기분으로 간다고 한 내 아들
은 벌써 내가 잘 써먹는 방법을 알고 있었던 셈이다.

전통 혼례. 이제는 하는 사람이 거의 없다. 옛날에는 대도시에
‘혼구점(婚具店)’ 같은 것이 있었다. 사모관대니 원삼 족두리니 하
는 것들을 여기에서 사거나 빌릴 수가 있었다. 하지만 지금 그런
혼구는 예식장만 보유하고 있을 것이다. 그러니까 요즘 사람들은
전통 혼례 하고 싶어도 혼구 구하지 못해 못 할 법도 하다. 나는 마
음 내키지 않는 고향 여행을 인류학적 ‘필드 워크(現場調査)’로 승
격시키기로 했다. 시논 엘리아스 부부를 데리고 가기로 결심한 것
이다. 시논 엘리아스가 마침 아내와 함께 서울의 한 대학교에 교환
교수로 와 있었다.

시논 엘리아스 부부, 이렇게 쓰면 읽는 사람들은 중년의 백인 부부를 연상할 것이다. 아니다. 국적만 미국이어서 미국인일 뿐, 겉모습은 한국인들이다. 이들에 관해서는 설명이 조금 필요하다. 나와는 인연이 깊다. 나는 시논과 그의 부인 한인지를 접속시킨 사람이기도 하다.

내가 시논을 처음 만난 것은 15년 전, 처음으로 미국의 한 대학 문화인류학 연구소에 들어간 직후다. 연구소에서는, 내 영어 회화 실력 가지고는 안 되겠다 판단하고 영어 회화 실력을 향상시킬 목적으로 미국인 학생을 개인 교사로 붙여주겠노라고 했다. 이름은 그리스계 미국인 '시논 엘리아스'라고 했다. 처음 만나는 날 나는 매부리코 그리스계 미국인이 나타나겠거니 하고 기다렸는데, 막상 나타난 것을 보니, 몸집이 작고 살갗이 가무잡잡한 것으로 보아 흡사 동남아시아 사람과 비슷한 동양인이었다. 첫날부터 공격적으로 묻고 대답하면서 내력을 캐보았더니, 그는 한국에서 그리스계 미국인 가정으로 흘러들어간 입양아였다. '시논Sinon'은 그리스 이름이 아니라 한국 이름 '신원Sinwon'에서, 그리스 자모에 없는 'W' 한 자만을 떼어낸 한국 이름이었다. 그가 기억하는 한국 이름은 '김신원'이었다. 나는 시논과 1년 동안 매주 한 차례 두세 시간씩 이야기를 나누었다. 그는 나의 부적절한 표현이나 발음을 교정해주었고, 나는 그에게 주로 한국 문화와 관련된 이러저러한 이야기를 영어로 들려주면서 영어로 지껄이는 연습을 했다. 나는, 다섯 살 때 한국에서 미국으로 입양되어 한국어를 까맣게 잊어먹은 당시의 대학원생 시논이 고향과 한국어에 대한 기억을 복원할 수 있게 하려고 노력을 적잖이 기울였던 것 같다. 하지만 당사자는 한국 문화나 한국어에 대한 기억의 복원에 별 집착을 보이지 않았다. 그와 내가 아주 가까워지게 된 아주 특별한 계기가 있다.

그해 가을, 학교 안 카페에서 만났을 때, 시논 엘리아스가 내 양복에 붙어 있던 노란 회화나무 잎 한 장을 떼어주면서 물었다.

"체릴레인(벚나무 길)의 교환 교수 아파트에 사시는군요?"

"그걸 어떻게 알아요?"

조금 놀라워서 내가 반문했다.

"가을이면 노란 회화나무 단풍이 볼 만한 곳이죠. 엘리아스 집안과 밀접한 관계가 있는 곳입니다. 아세요? 그 아파트 20개 동(棟)이, 한국 전쟁 당시에는 한국으로 파견할 장교들의 숙소로 쓰였다는 거?"

"들었어요."

"우리 할아버지 숙소도 거기에 있었어요. 할아버지는 한국에서 전사했죠. 지금 아파트 각 동에는 사람의 이름을 쓴 청동 플레이트가 붙어 있죠? 어떤 사람들 이름인지 아세요?"

"장교 숙소로 쓰이던 그 아파트의 건립 기금 기부한 사람들 이름이 아닌가요?"

"아니에요. 그 아파트를 숙소로 쓰다가 한국에서 전사한 장교들 이름이랍니다. 실례지만 몇 동 사시죠?"

"12동, '제이슨 엘리아스 관(館)'. 그러고 보니."

"그래요. 공교롭군요. 할아버지 제이슨 엘리아스에게 헌정된 '메모리얼(기념관)'인 것이죠. 그러니까 선생님은, 할아버지가 40여 년 전에 숙소로 쓰던 아파트에 살고 계시는 셈이에요."

"……."

이런 인연이 있는 만큼 내가 '접속'이라는 말을 여러 번 쓴 것을 양해하시기 바란다.

1년 교우가 거의 끝나갈 무렵이었다. 서울에 있던 나의 친구가 전화를 걸어, 누이동생이 내가 머물고 있던 대학으로 가고 싶어하는데 도와줄 수 있느냐고 물어왔다. 입학을 주선하는 것은 물론, 미국에 정착할 수 있도록 자잘한 일까지 도와주어야 했다. 나, 시논 엘리아스, 내 친구의 누이 한인지, 이렇게 셋이서 만나는 일도 없지 않았다. 한인지가 시논 엘리아스의, 태어난 나라에 대한 막연한 향수를 자극했기가 쉽다. 이렇게 눈이 맞아 탄생한 부부가 바로 시논 엘리아스 부부다. 시논은 한인지와 결혼한 직후, '이제 날개가 생겼으니 뿌리는 별로 궁금하지 않다'는 말을 내게 한 적이 있다. 나는 이 부부의 이야기를 2백자 원고지 천 장에 달하는 장문의 보고서로 꾸민 적이 있다. 그 제목이 바로 '뿌리와 날개'였다.

내가, 마음 내키지 않는데도 불구하고 세대 아재가 며느리 보는 것을 축하하러 가야 할 일이 생긴 것은 시논 엘리아스가 서울의 한 대학 교환 교수로 6개월을 보내고 있을 때의 일이다. 날개밖에 없는 시논에게 뿌리밖에 없는 세대 아재의 전통 혼례를 보여주고 싶은 마음도 없지 않았다. 의사 타진하느라고 전화를 걸었을 때 시논은, 한인지와 무려 12년 동안이나 연습한, 썩 괜찮은 한국어로 내게 말했다.

"야후, 그렇지 않아도 인지가, 한국에 왔으니까 한국식으로 결혼식 한번 더 하자고 해요. 사람만 안 바꾼다면 처가에서도 그걸 원하나 봐요. 그래서 전통 혼례를 치러주는 곳에 가보았는데, 어수선해서 못 쓰겠더라고요. 혼례라기보다는 '공연'에 가까웠죠."

나도 어린 시절에 몇 차례 보았는데, 전통 혼례, 이거 예법 다 따져가면서 하다가는 날샌다. 내 경우 혼례 당일에 내려갔기 때문에 사주단자가 어떻게 오거나 갔는지, 예물이 어떻게 오갔는지 알지 못한다. 내가 본 것은 대례(大禮)부터다. 연출은 세대 아재가 맡았을 것으로 추측한다. 남의 일에도 감 놔라 배 놔라 하는 위인이 혼례식 연출을 남에게 맡겼을 리 없다.

원래 초행(醮行)은 신랑을 비롯, 신랑 집의 귀한 손님들이 신부 집으로 오는 절차를 말한다. 그런데 혼례가 치러지는 곳이 신랑 집이다. 세대 아재가 이걸 어떻게 처리할지 궁금했다. 마당에는 대례 상이 차려져 있었다. 어릴 때 보던 대로 촛대, 소나무 가지, 대나무 가지, 장닭, 쌀, 밤, 묵은 대추 같은 것들이 상 위에 놓여 있었다. 마당 한쪽에는 병풍이 쳐져 있고, 병풍 앞에는 작은 상이 하나 놓여 있었다. 신랑과 신부 모습은 보이지 않았다. 아니, 홀기 부르기가 시작되어야 신랑 신부가 나타나는 법이니, 보일 리가 없었다. 세대 아재는 도포 같기는커녕 허우대 큰 사람의 것을 빌려 입은 듯한 두루마기 차림으로, 무슨 죄라도 지은 사람처럼 안절부절못하고 서성거리면서 연신 손목시계를 보고 있었다.

그때 멀리서 탈탈탈탈, 경운기 소리가 들렸다. 탈탈탈탈…… 분명 경운기 소리였다. 그 소리는 시시각각 가까워지고 있었다. 혼례청에 웬 경운기일까 싶었다.

"보래, 이 사람들아, 준비해라. 온다."

세대 아재의 이 한마디에 식구들이 분주하게 움직이기 시작했다. 경운기 모는 사람과 세대 아재 사이에 시간 약속이 되어 있었던 모양이었다. 나는 경운기가 어디에서 기다리고 있었는지 짐작할 수 있었다. 마을 뒤의, 야트막한 고개 아래에서 기다리고 있었을 터였다. 나는 눈을 의심했다. 한복에다 두루마기까지 제대로 차려입고 경운기를 몰고 있는 사람은 나의 고종형이었다. 신랑 역시 한복 제대로 차려입고 경운기 짐받이에 타고 있었다. 하객들은 박수를 쳤지만 나는 박수를 칠 수가 없었다. 우스운 광경이었지만 웃을 수도 없었다. 경운기가 대문 앞에 멎었다. 신랑은 경운기에서 내리지 않았다. 신랑의 표정은 사색(死色)이었다. 3월이라 그리 춥지는 않았으니 신랑의 사색은 날씨 탓이 아니었으리라.

경운기에서 먼저 내린 고종형이 대례상에서 좀 떨어진 곳에 자리를 잡고 두루마리를 만지작거리기 시작했다. 식순(式順)을 알리는 문제의 홀기(笏記)를 고종형이 부르기로 되어 있는 모양이었다. 궁금해서 고종형에게 물어보았다.

"혼례는 원래 신부 집에서 치르는 거 아닌가요?"

"모르겠다. 말 시키지 마라. 죽을 맛이다."

"형님 맛이 신랑 표정과 똑같네?"

"괜히 세대 비위 긁지 말고…… 본 것 들은 것, 서울로 올라가는 길에 모두 잊어버려라."

우리가 수군거리는 것을 보고 있던 세대 아재가 고종형을 향해 고개를 끄덕였다. 고종형이 자리를 정하고, 큰 소리로 홀기를 부르기 시작했다. 홀기의 일부를 여기에 옮겨보겠다. 한문 병기는 해도 그렇고 하지 않아도 그렇고 하니까, 하지 않겠다.

"서하경운기우대문외!"

원래는 '서하경운기'가 아니고, '서하마'다. 신랑은 말에서 내리시오, 이런 뜻이다. 고종형은 '서하마'라고 읽을 수도 있었을 것이다. 하지만 형 역시, 세대 아재가 몹시 못마땅했던 모양이다. 그래서 '서하경운기', 즉 신랑은 경운기에서 내리시오라고 했을 것이다. 구식 대례청을 자주 다녀서 '서하마'를 알고 있는, 연세 많은 노인들이 빙그레 웃었다. 다행히도 젊은이들이 별로 없어서 하객들이 배꼽 잡고 뒤집어지는 일은 일어나지 않았다.

"행전안례!"

나무 기러기 드리는 예를 행하시오, 이런 뜻일 터이다.

"왜 하필이면 기러기지요?"

한인지와 함께 내 겨드랑이에 붙어 있던 시논이 속삭였다.

"난들 다 알겠소? 기러기는 혼자 안 다니고 늘 붙어 다니는 새라서 그럴 거라. 배우자를 잃은 사람을 '짝 잃은 외기러기'라고 부르거든."

"집안자진수우서!"

나무 기러기를 가진 아범은 기러기를 신랑에게 주시오!

신랑 친구가 색칠한 나무 기러기를 신랑에게 건네주었다. 신랑은 나무 기러기를 받아, 기러기받이로 미리 준비된 상 위에 놓고는 일어서서 네 번 절했다. 신부의 어머니로 보이는 여인이 나오더니 신랑 앞에 놓인 기러기를 집어, 문이 열려 있는 방 안으로 던졌다. 방바닥에 떨어진 나무 기러기가 똑바로 서면 첫아들을 낳고, 모로 쓰러지면 첫딸을 낳는다던가? 발딱 서기보다는 모로 쓰러지기 쉬울 테니, 첫아들 보기가 첫딸 보기보다는 어려울 터이다. 나는 나무 기러기가 발딱 서는지 모로 쓰러지는지 보지 못했다. 여인의 얼굴 때문이었다. 여인의 얼굴을 보는 순간, 나는 그 자리에서 얼어붙는 줄 알았다. 하지만 내색은 하지 않았다.

길고도 지루한 절차가 뒤따랐다. 노인들은 이래야 예법에 맞는다커니, 저러면 안 된다커니 말이 많았다. 남의 잔치에 말이 많기로 유명했던 세대 아재는 촌로들의 간섭을 일사불란하게 방어해내는 데 큰 성공을 거두고 있었다.

신랑이 경운기에서 내리고부터 신부가 나오기까지 근 반시간이 걸리지 않았나 싶다. 여인이 나무 기러기를 던지던 바로 그 방에서 대례복으로 성장한 신부가 나왔다. 원래는 손을 가리는 한삼(汗

衫)으로 얼굴을 가리고 나오는 법인데, 그날의 신부는 맨얼굴이었다. 고개를 푹 숙이고 있어서 표정은 읽을 수 없었다. 얼굴을 보는 것만으로도 충분히 놀라웠다. 가무잡잡한 피부, 자그마한 체구…… 기러기를 던지던 여인과 닮은꼴이었다. 모녀가 아니고서는 그럴 수 없을 터였다.

"상향위."

'서로 마주 보고 서시오'였다. 고종형이 홀기 부르는 목소리가 우렁찼다. 그가 화를 참고 있다는 증거로 들렸다.

"부선양배(신부가 먼저 두 번 절하시오)."

"서답일배(신랑은 답례로 한 번만 절하시오)."

"부우재배(신부는 다시 두 번 절하시오)."

"서우답일배(신랑은 다시 답례로 한 번만 절하시오)."

어린 시절 구식 혼례를 여러 번 보았지만 신부는 두 번 절하고 신랑은 한 번으로 답했던 것은 내 기억에 남아 있지 않다. 어린 마음에는 그 절차가 지닌 상징적인 의미가 감지되지 않았기 때문일 것이다. 부지런히 사진만 찍고 있던 시논의 아내 한인지가 카메라를 케이스에 집어넣으면서 내게 씨울거렸다.

"오빠, 나, 안 해요. 우리집에서도 권하고 나도 그러고 싶어서 전통 혼례 한번 할까 생각했는데, 오빠, 나 안 해요. 이런 게 어딨어? 세상에, 이런 게 어딨어?"

그리고는 시논을 향해 영어로 덧붙였다.

"봤어? 세상에. 신부는 두 번 절하고 신랑은 한 번으로 답례하는 거, 당신 봤어? 안 해, 전통 혼례, 안 해. 자꾸 하자고 조르지 마. 그러면 당신, 죽여버릴 거야."

혼례 자체에 대한 흥미를 잃었던 것은 아니다. 시골에 의자가 있을 리 없지만 잔치 마당에는 의자가 하나도 없었다. 그래서 나이 좀 든 축은 대례청에 서 있지 못하고 모두 마당 한쪽에 마련된 술상 앞에 앉아 있었다. 술상이 둘이었다. 하나는 노인네들에 가까운 남정네들 차지, 또 하나는 할머니들에 가까운 썩음썩음한 아낙네들 차지였다. 모닥불이 피워져 있기는 하지만 자리가 을씨년스러웠다. 나도 거기에 어울리고 싶었지만 시논 부부가 딸려 있어 그러기가 망설여졌다. 그런데 내 친구 어머니가 그쪽으로 나를 끌었다. 나는, 또 손목 잡힐 각오를 하고, 친구 어머니의 눈물을 볼 각오를 하고 그쪽으로 끌려갔다. 시논 부부는 호기심이 덜 식었던지 대례상 옆을 서성거렸다. 자리에 앉지도 않았는데 친구 어머니가 물었다.

"니 눈으로 보이 어떻노?"

"뭐가요?"

"새대가리의 며느리, 니 눈으로 보이 어떻노?"

"그만두세요. 이제 그만 하세요."

"그런데 말이라, 니한테 묻어댕기는, 영어로 쏼라쏼라 하는, 저기 저 새카맣고 쪼맨한 사람 말이다. 혹시 신부 오빠 아이라? 새대가리 며느리, 니가 중신한 거 아이라?"

시논 있는 곳을 돌아다보았다. 아닌 게 아니라 몸집이 작고 살갗이 가무잡잡해서 내가 '깜상'이라는 별명으로 자주 부르던 시논은 흡사 신부의 오라비 같았다.

잔칫집 분위기라고 해서 노상 흥겨운 것만도 아니다. 신랑 집에서는 새 사람 맞으니 흥겨운 분위기일 수 있어도 신부 집은 딸을 떠나보내는 것이니 분위기가 가라앉는 것은 당연하다. 그런데 혼례가 치르어지는 집은 분명히 신랑 집인데, 잔칫집이라기보다는 초상집 같았다. 열아홉 살에 시집와서 40년 넘게 그 집에 산 세대 아재의 아내는, 그토록 함께 또 오래 살아왔을 터인데도 아낙네들 모여 있는 술상 밥상 쪽으로는 고개 한번 돌리는 법이 없었다. 술 몇 잔 받아 마시고 보니, 대례 끝난 뒤에 방 안에서 무슨 일이 일어나고 있는지 관심조차 가지 않았다.

혼례가 끝나고 한 시간쯤 지났을까? 읍내에서 택시가 들어왔다. 신부 모녀, 신랑, 그리고 세대 아재가 택시에 올랐다. 세대 아재의 아내는, 신랑 부자와 신부 모녀가 떠나는 자리에도 나서지 않았다. 신랑 부자와 신부 모녀는 도망치듯 마을을 떠났다.

시논의 자동차에 오르려는데 고종형이 내 등을 툭 치고는 돌아서서 몇 걸음을 옮겼다. 할 말이 있으니까 따라오라는 뜻이었다. 고종형은 대추나무 아래에서 돌아섰다.

"우리사 봐도 누가 이 나라 사람인지 누가 저 나라 사람인지 아나? 그렇지만 자네는 외국 많이 나다니는 사람이라 벌써 다 짐작하고 있을 거라. 세대 저거 왜 저러는지 나는 통 모르겠다. 뭐 하러 구식 혼례로 사람 끌어모으고 망신을 사서 하는지 나는 모르겠다.

2천5백쯤 든 모양이다. 이쪽 중신애비에게 천, 저쪽 중신애비에게
천…… 사돈 불러들이는 데 비행기 값, 호텔 값 안 들었겠나?"

"세대 아재 머리에 무슨 혼란이 온 것 같은데요? 그런데 문제는
며느리의 국적이 아닙니다."

"그러면 뭐가 문제고?"

"세대 아재의 새대가리가 문제인 것이지요. 눈 좀 일찍 뜨고, 아,
지금 시대는 우리 자라던 시대와는 많이 다르구나, 이런 생각 좀
할 수 있었으면 좀 좋았겠어요? 새대가리 말마따나 성인(聖人)도
시속(時俗)을 따르란다…… 새대가리가 시속에 좀 일찍 눈떴더
라면 좀 좋을까요? 새대가리 앞으로 어떻게 처신할지 겁이 나네
요. 조상들 앞에 면목없다고 선산 도래솔에 목이라도 매지 않을까
겁이 나네요."

"그러기야 하겠는가만, 얼굴 어떻게 다시 볼지 나도 걱정인걸.
어서 올라가게. 유쾌하지도 않은 길, 먼 길 왔다 가네. 조심하고."

서양인들은 한국인, 중국인, 일본인을 거의 구분해내지 못한다.
그래서 여행하다 보면, 중국인이세요, 일본인이세요, 이런 질문을
자주 받는다. 하지만 우리는 중국인과 일본인을 꽤 잘 구분해낸다.
미국은, 많은 나라 사람들이 어지럽게 섞여 사는 나라다. 내가 머
물던 대학의 교환 교수 아파트, '제이슨 엘리아스 관(館)'이 있는
그 아파트 단지만 해도 무려 107개국에서 모여든 학자들이 살고
있었다. 한동안 말은 하지 않았지만 시논 부부는, 그날의 신부가
어디에서 온 아가씨인지 짐작했을 것이다. 나도 짐작했다. 뿌리 좋

아하는 세대 아재가 외국인 며느리를 맞은 것 자체는 비극이 아니다. 외국인 며느리, 외국인 사위 보는 사람들이 하루가 다르게 늘어가고 있다. 여느 사람들에게, 외국인과의 통혼은 비극이 아니다. 그러나 새대가리 세대 아재에게, 그것은 눈뜨고는 보아낼 수 없는 비극일 것이다. 비극인 동시에 희극이기도 할 것이다.

어디서 많이 본 듯한 얼굴

나는 전화와 불화 중이다. 심각한 불화는 아니다. 해리 골드먼 수준이었다. 이 미국 작가는, 앞뒤로 건들거리는 로킹 체어(건들 의자)에 앉아 있을 경우, 전화가 걸려와도 의자가 앞으로 숙여드는 타이밍이 아니면 전화를 받지 않는다. 말하자면 의자가 뒤로 젖혀지고 있는데도 전화 받기 위해 벌떡 일어서지는 않는다는 것이다.

전화, 아주 안 걸고 아주 안 받는 것은 아니다. 전화벨 울린다고 전화기 있는 곳으로 달려가지 않을 뿐이다. 전화기가 가까이 있으면 수화기를 집어들기도 한다. 걸고 싶을 때, 걸어야 할 일이 있을 때 거는 것은 물론이다. 전화 걸어서 기분 상하는 일은 없다. 기분 상할 가능성이 있을 경우에는 전화를 걸지 않기 때문이다. 받아서 반가운 전화도 있다. 하지만 반가운 전화일 확률은 매우 낮다. 한 도시 마을에 20년 이상 살아본 사람들은 잘 안다. 부동산 중개업소

등의 판촉 전화가 부리는 기승이 그야말로 장난 아니다. 그런 전화를 받아도 쌀쌀맞게 굴어서는 안 된다. 저쪽에서 욕지거리를 해댈 가능성도 있기 때문이다. 전화기에, 전화 건 쪽의 전화번호가 찍히기는 한다. 그 번호 보고 전화 걸어, 왜 욕을 하세요 하고 따지는 것도 좀 그렇다. 욕본 것을 만회하려다 더 큰 욕을 볼 수 있기 때문이다. 물 좋은 부동산 나왔다는 전화 받고는 말없이 끊었더니, 그자가 다시 전화를 걸어서 그랬다. 왜 끊어, 이 시발 놈아. 그 번호가 내 전화기에 남아 있다. 내가 그 번호를 돌려 항의한다면 그는 또 이럴지도 모른다. 왜, 항의해, 이 시발 놈아.

전화 잘 안 받는 나를 두고 친구들 중에는, 그러는 거 아니다, 그건 네가 종사하고 있는 업계에 대한 예의가 아니다, 이렇게 충고하는 친구도 있다. 힘들게 전화번호 추적해서 전화 걸어준 사람에게 조금 미안할 뿐, 양심의 가책 같은 것은 별로 느끼지 않는다. 내 집 전화에는 자동 응답기가 있다. 하지만 자동 응답기에 메모 남기는 사람은 열에 하나도 채 되지 않는다. 그러고도 전화 안 받는다고 원망하면 그게 공정한 일인가. 전화 건 사람에게는 자동 응답기에 메모 남기지 않을 권리가 있다. 나도 마찬가지다. 전화 안 받을 권리가 있다고 나는 생각한다. 특히 한밤중에 걸려오는 전화는 되도록 받지 않는 주의다. 만취한 악동 친구들의 전화가 야밤중에 자주 걸려오기 때문이다. 여럿이 함께 어울려 갑신하게 마신 뒤, 그 자리에 합류하지 못한 사람, 함께 망가지기를 거절한 사람을 여럿이 서로 전화 바꿔가면서 차례로 비아냥거리는 이 못된 풍습은 손 전화와 함께 생긴 것 같다. 손 전화, 이거 무지하게 편리한 물건이다. 떼지어 술 마시면서, 집에서 자는 한 사람 두드려 깨워 차례로 욕하고 비아냥거리는 데도 무지하게 편리한 물건이다.

통상적인 업무 전화가 오갈 가능성이 거의 없는, 신새벽의 전화나 야밤중의 전화는 사람을 짜증스럽게 하는 것인데도 불구하고 많은 사람들은 이것을 거절하지 못한다. 시골 고향에 연로한 부모를 두고 도시에 나와 사는 사람들은 잘 알 것이다. 신새벽이나 야밤중에 전화가 걸려오면 깜짝깜짝 놀라는 사람들도 있다. 나 역시 그렇게 깜짝깜짝 놀라는 경험을 중년 들면서 여러 차례 겪은 사람이다.

"……안 좋은 소식이다……."

"……숙부님, 너무 놀라지 마세요. 사실은……."

"……아무래도 한번 걸음하셔야 하게 생겼네……."

"……상용이 말인데, 어젯밤 자정에 보냈어."

"……단잠 깨워서 미안하지만 워낙 사안이 사안이라서……."

어머니와 장형은 물론 가까운 친척 어른들 돌아가셨다는 소식의 대부분을 나는 신새벽이나 한밤중에 걸려온 전화를 통해 들었다. 신새벽에 걸려온 전화를 통해 전해지는 슬픈 소식에는, 전화 건 이가 불면으로 밝혔을 터인, 긴 밤의 어둠이 묻어 있는 것 같았다.

문제의 전화도 나는 신새벽에 받았다. 그 전화에도 비슷한 어둠이 묻어 있는 것 같았다. 받을까 받지 말까, 벨이 여러 차례 울리도록 망설였다. 아무래도 좋은 소식이 올 것 같지는 않았다. 신새벽 전화에 걸려든 것을 곧 후회했다. 전화기 앞에서 꼬박 밤을 밝힌 듯한 사람의 음성이 건너왔다.

꼭두새벽에…… 정말 죄송합니다. 장선입니다…….

김하남의 아내 장선이 교수의 음성을 듣는 순간, 아, 하남이가 죽었구나, 나는 이렇게 생각했다. 하남이가 죽었구나, 한창 일할 나이에 일자리 잃고 끈 떨어진 연처럼 떠돌며 괴로워하더니 하남이가 죽었구나…… 신새벽 전화로 부고 받은 경험이 풍부했기 때문일 것이다. 나는 하남이의 아내가 꼭두새벽에 전화를 걸었다는 것 하나만으로 하남이의 죽음을 기정사실에 가깝게 갖다 붙였다. 그런데 아니었다. 최악의 소식은 아니었다. 부고는 아니었다.

……말 꺼내기가 겁이 나는데요…… 한 달째 집에 안 들어오고 있어요. 혹시 지난 한 달 동안 만나시거나 통화하신 적이…….

없어서 없다고 했다.

……백방으로 수소문해보았어요. 신고하지는 않았지만…….

…….

……여권…… 집에 있어요.

…….

……자동차도 물론 집에 있고요. 하지만 그 양반 운전 못 해요.

…….

……예금 인출…… 한 푼도 안 했더라고요. 지난 한 달 동안…… 현금 없이는 못 사는 양반인데…….

…….

신용 카드…… 카드 회사에 조회해보았는데, 지난 한 달 동안 한 번도…….

왜 이제야…….

……기정사실로 만들고 싶지 않아서요.

안 꺼내어도 기정사실이 될 건 되지요.

서로 말은 하지 않았지만 나는 장교수가 한 달 내내 신문 사회면을 꼼꼼히 읽었을 것이라고 생각한다. 김하남 같은 업계 거물의 신상에 극적인 변화가 생겼다면 신문의 사회면이나 경제면이 챙기지 않을 리 없을 터였기 때문이다. 김하남이 사라진 지 한 달이나 된다, 신문이 김하남의 극적인 신변 변화를 보도하지 않고 있다, 그런데도 현금 인출도 한 푼 없고 신용 카드 쓴 적도 없다…… 만일 살아 있다면 김하남은 어딘가에 꽁꽁 숨어 있는 것이 아닐까? 현금 인출 안 하고 신용 카드 안 쓰고 있는 것은 위치를 노출시키지 않으려고 애쓴 역력한 흔적이라고는 할 수 없을까. 김하남의 아내가 된 뒤 장선이 교수가 보였다는 변모는 하남이의 표현에 따르면 '표변'이었다. 하지만 소녀 시절, 처녀 시절의 장교수는 인물 좋고, 머리 좋고, 빈틈이 없고, 부지런했다. 대학을 졸업할 당시에는, 어느 시대에도 보기 드문 '5월의 여왕 출신의 수석 졸업생'이었다. 결혼하기 직전까지는 나와도 흉허물 없이 친했다. 김하남은, 여러 가지 이유에서 자주 어울리기는 하지만 내가 썩 좋아하는 친구는 아니었다. 내가 전화 이야기를 길게 한 까닭이 여기에 있다. 수화기 들고 상대를 확인하는 순간, 그리고 그가 김하남의 문제를 주제로 삼고 있다는 것을 아는 순간, 아뿔싸 싶었다. 장교수는 내가 자기 남편과 친하다고 믿고 있었음에 분명했다. 하지만 아니었다. 김하남은 내가 부정하는 인물의 샘플 같은 위인이었다. 그러니까 나는 장교수의 그릇된 판단 때문에, 내가 별로 좋아하지 않는 친구의 가정사에 껴들게 된 셈이다. 아, 안 받았어야 하는 건데…… 받지 말았어야 하는 건데…… 하지만 벌써 깊숙이 끌려들어간 뒤였다.

그날 정오에 만나기로 하고 전화를 끊었다. 전화 끊고는, 전화가 끊어먹은 새벽잠을 이어 잤는데, 이음새에 무리가 있었던지 꿈자리가 뒤숭숭했다.

항공기 안이었다. 우리 국적 항공기였다. 나는 항공기에서 주는 공짜 위스키 얻어 마시기를 즐기는 사람이다. 여러 개 포개어 운반하기 좋게 운두에서 아래로 내려갈수록 좁으장해지는, 빳빳한 투명 플라스틱 컵. '온더록'으로 주세요. 여객기에서 쓰이는 얼음은 색깔이 없고 투명할 뿐, 한중간에 구멍이 뚫려 있어서 모양으로만 말하자면 흡사 숯불 갈비집 같은 데서 쓰는 가공 석탄 비슷하다. 얼음을 감고 도는 황갈색 위스키 색깔을 나는 퍽 좋아한다. 안주로 나오는 볶은 땅콩과 썩 잘 어울린다. 석 잔을 얻어 마신다. 넉 잔째 얻어 마시려는데, 스튜어디스가 거절한다. 석 잔 이상은 곤란합니다, 손님, 하고 빼빼 마른 스튜어디스가 쏘아붙이다시피 한다. 외국 국적 항공기에서는 무제한으로 얻어 마셨는데요? 캐빈에서 근무하는 기내식 담당으로부터 여섯 잔이나 얻어 마시고는, 또 달래

기가 미안해 다른 캐빈으로 가서 위스키 얻으려다가 바로 그 담당 요원에게 들켰어요. 왜 그러느냐길래, 미안해서 그랬지요 하고 대답했어요. 그랬더니 뭐라고 한 줄 아세요? 미안하긴요, 그게 저희들 일인걸요. 취하셔도 괜찮다면 얼마든지 말씀하세요, 이러더라고요. 그건 그 외국 항공사 규칙인가 봐요. 저희는 보안상, 승객을 만취하게 할 수 없는 것을 양해해주십시오, 손님. 그래서 할 수 없이 머리 위의 짐칸을 열고는, 늘 휴대하고 다니는, 가죽에 싸인 스테인리스 위스키 병을 꺼낸다. 조용히, 천천히 다 마시고는 잠이 든다. 자다가 몸이 공중으로 부웅 뜨는 것 같아 눈을 떠보니, 기내의 보안 요원 두 사람이 내 겨드랑이에 손을 넣고는 나를 번쩍 들어 항공기 뒤쪽으로 가고 있다. 왜 이래요? 왜 이래? 내가, 취한 사람으로 오해받을까 봐 부러 나지막한 목소리로 꾸민다. 과음하셨습니다. 내려주셔야겠습니다. 내리다니? 공항도 아니잖아? 내려주셔야겠습니다. 여기가 어디야? 강원도 강릉 상공입니다. 강릉 상공? 들려가기도 하고 끌려가기도 하다 보니 복도 맨 뒤쪽의 승강구다. 문이 열려 있다. 1만 킬로미터 상공을 아음속(亞音速)으로 날아가는 항공기의 문이 열려 있는데도 기내는 아무렇지도 않다. 이럴 수는 없다, 하고 내가 중얼거린다. 보안 요원들은, 이럴 수도 있습니다, 이러면서 나를 떠민다. 벽에 걸린 소형 소화기를 붙들고 버티면서 내 복장을 내려다본다. '체크 이퀴프먼트(장비 점검)'! 점검해봐도 낙하산 같은 것은 없다. 낙하산이 없는데 '라이프 로프(생명줄)'가 연결되어 있을 리도 없다. 그런데 낙하산 없는 것을 확인하고 나니 오히려 마음이 놓인다. '스탠드 인 도어(문 앞에 서)'!
누군가가 명령한다. 내려다보아도 '드로핑 존(낙하 지점)'의 보라
색 연막은 보이지 않는다. 고(낙하)! 보안 요원이 명령하는구나.
뛰어내리자. 뛰어내린다. 낙하산이 없는데도 나는 왜 두 팔을 좌악
벌리고 배를 앞으로 내미는, 말하자면 '이글 스프리드' 자세로 떨
어지면서 1만, 2만, 3만, 4만……을 외치는가.

"왜 그래, 꿈 깨!"
아내의 손에 엉덩이를 한 대 얻어맞고야 깨어났다. 깨어나서는,
'꿈 깨라'는 말을 그런 경우에 써도 되는지 아내에게 물으면서 실
없이 실실 웃는 여유까지 부렸다. 1만, 2만, 3만, 4만…… 그게 뭐
야? 아내가 물었지만 대답할 기분이 아니었다. 식은땀 같은 것은
물론 나지 않았다. 실제로 맨몸으로 항공기에서 뛰어내렸다면 나
는 틀림없이 목숨을 잃었을 터인데도 그 꿈이 지독한 악몽으로 여
겨지지도 않았다. 외출을 준비하는 동안 내내 꿈이 내 염두를 떠나
지 않았다. 악몽으로 여겨지지 않는다면? 나는 나에게 물었다. 이
꿈은 내 몫이 아닌가? 남의 꿈을 꿀 수는 없는 일이다. 김하남의
아내 전화를 받지 않았어도 나는 이런 꿈을 꾸었을 것인가? 그랬
을 것 같지 않았다. 또 물었다. 김하남이 사라졌다는데 내가 왜 항
공기에서 봉변당하는 꿈을 꾸는가? 어떻게 그 꿈 속에서 참으로
오래간만에 군대 시절에 겪었던 일들이 재현되고 있었는가? 김하
남과 항공기와 강원도 강릉은 무슨 관계가 있는가? 장선이는 어

째서 김하남과는 친한 사이도 아닌 나를 불러내는가? 마음에 짚이는 것이 있어서 동기생 여럿에게 전화를 걸어 물어보았다. 김하남 문제 때문에 장선이를 만난 동기생들은 아주 많았다. 나는 장선이가 김하남에 대한 정보를 광범위하게 수집하고 있다는 인상을 받았다.

약속 장소로 가는 택시 안에서 문득 떠오른, 전에 들은 말씀 한마디. 하남이가 전무이사가 되어 막강한 권력을 쥐게 되었다는 소식을 전했을 때, 중학교 시절 우리를 가르치신 은사께서 하신 말씀.

……선박이나 항공기는 제 몸뚱어리에 속한 것일지언정 무거운 것을 두려워하는 속성이 있다. 『추락하는 것에는 날개가 있다』는 소설 누가 지었더라? 막강한 권력, 높은 몸값, 그거 좋은 것만은 아니다. 날개일 수도 있으니까.

어린 시절을 같이 보낸 '선이'를 내가 꼬박꼬박 존칭까지 써가면서 '장선이 교수'라고 부르는 것은 그에 대한 사사로운 감정을 감추기 위해서다. 애, 쟤, 하는 사이였는데 김하남의 아내가 되기로 했다는 순간부터 나는(나뿐만 아닐 것이다) 마술사가 관객으로부터 빌린 모자 감추듯이 사감을 감쪽같이 감추어버리고는 안면 싹 바꾸어 경어로 공대했다. 장교수가 내 그러는 까닭을 몰랐을 리 없을 것이다.

장교수, 여전히 고우시군요,

50대 초반 여성에게 해주기에 이만한 인사가 없다. 하지만 고우니 안 고우니 그런 걸 의논하는 자리가 아니었다. 행방불명된 지아비의 아내에게는 어울리지 않는 인사였다. 나는, 잘코사니다라고 말하고 싶었던 것일까? 장선이 쳐다보고 있다가, 이 여자가 김하남을 찍었을 때 닭 좇다가 하릴없이 지붕 쳐다보는 개 신세가 된 친구들이 많다. 장선이 교수는 안전판이 여러 개 달린 인생 김하남을 찍어 초중반에 승승장구하다가 중후반에 몇 가지 크고작은 시련을 겪고 있는 중이었다.

……그 양반 회사를 떠나게 되리라고는 아무도 몰랐대요. 임원진 중에 짐작이라도 한 사람이 하나도 없었대요. 그 양반 자신도 몰랐죠. 회장 한 사람밖에는…… 회장이 그랬대요. 침몰하는 배를 구하자면 무게가 가장 많이 나가는 물건을 버릴 수밖에 없다고…… 올 봄에 그 양반이 홍매화 한 그루 사다 마당에다 심더군요. 홍매화, 옮겨 심어도 잘 사는 나무예요. 그런데 이게 시름시름 하는 거예요. 그 양반, 휴대용 톱으로 밑동만 남기고 싹 잘라버리는 거예요. 내가 그랬지요. 무슨 짓이냐고? 왜 나무의 성장점을 그렇게 무자비하게 잘라버리느냐고. 그랬더니, 옛날 지지리도 가난한 집 보릿고개 넘기려고 양식 소비하는 입을 줄이듯이, 뿌리가 부실한 나무 새로 심어 살리는 길은 줄기를 잘라 수분 소비를 억제하는 길밖에 없다고 하더군요. 자기 입으로 그래놓고는 무슨 생각을 했던지 서재로 들어가더니 소리 죽여가면서 오래오래 우는 거예요. 울 줄 모르던 사람이…… 시어머니도 마른 눈으로 묻은 사람

이…… 집 나가 소식 끊기 한 달 전 일이에요.

그렇게 소리 죽여가면서 울었다는 사람과, 그로부터 불과 두 해 전 현직에 있을 때 내 앞에서 기광을 부리던 사람은 같은 사람일까, 다른 사람일까? 내가 장선이 교수 앞에서 2년 전의 술집 풍경을 떠올린 것은 실로 우연이 아니다. 술에 취해 술집 종업원들에게 폭언을 퍼붓고 폭력을 휘두를 때는 폭군이었던 그가 아내 장선이 교수를 비난할 때는 하소연하는 어린아이 같았다. 두 사람이 함께 꾸려온 25년살이의 속사정을 나는 그날 처음 보았다. 나는 장선이 교수 앞에서 나 자신에게 은밀하게 물었다. 그렇다면 그렇게 지아비를 철권 통치하던 '독일 년' 장선이와, 남의 말 하듯이, 소리 죽여가면서 오래오래 우는 거예요, 이러면서 눈물을 훔치던 장선이는 같은 사람일까, 다른 사람일까?

두 해 전의 5월 어느 일요일이었다. 그가 전화를 걸어, 가까운 호텔 찻집에 와 있다면서 나를 불러내었다. 당시 우리가 다닌 중고등학교의 재경 총동창회 일에 관여하면서 재계·정계·관계·법조계 동창들을 배타적으로 조직화하던 그는 나에게, 나와 매우 가깝게 지내던 한 친구를 설득, 저희 회사의 이권과 연결시키고 싶어 했다. 사람을 잘 가려 쓰는 유능한 사업가였는데도 불구하고 친구 보는 안목은 그 정도에 지나지 못했던 모양인가? 그는 내가 그 조직을 끊임없이 부정하고 있다는 것을 짐작하지 못했다. 그것은 내 잘못이었기가 쉽다. 나는 근 20년 동안 그가 해온 일을 불공정한 일로 여기면서도 한 번도 면전에서 그것을 질타해본 적이 없다. 떼거리에 속해 있으면서도 내 손 하나 깨끗하게 건사하는 것으로 만족하던, 참 어리석은 시절이었다. 20년 전부터 그의 별명은 '114'였다.

선적 화물의 통관에 문제가 있는데?

한 동창으로부터 이런 전화를 받으면 그는 30분이 채 못 되어 그 동창에게 전화를 걸어 해법을 일러주고는 했다.

어느 부서에 있는 김 아무개가 우리 동창 김 아무개의 사촌형이야, 전화해봐.

집을 새로 사야 하는데, 5천만 원이 모자라. 은행에서는 3천만 원밖에 대출해주지 못하겠대?

그래? 아무개 은행 어느 곳 지점장이 43회야.

동창 사회의, 어려움에 처한 동창을 도와주던 그의 선행은 우리 고향 사람들이 정치 세력의 중심이 되면서부터 규모가 커져갔다. 8, 90년대에는 수많은 장·차관, 국회의원, 시도지사들이 그의 저녁식사에 초대되었다고 들었다. 물론 밥값은 뒤에 호되게들 물었을 것이다.

저녁 먹으러 가려고 호텔을 나왔을 때야 나는 그가 운전사 딸린 시커먼 대형 승용차를 타고 왔다는 것을 알았다. 일요일에 운전사 달고 나온 것부터 마음에 좀 들지 않았다. 그는 나에게 술을 한잔 사고 싶어했다. 5월 중순의 일요일 오후…… 나는 그런 날에 어울리는 술집들을 여러 곳 알고 있었다. 5월 중순이면 나뭇잎이 곱다. 느티나무 잎이 시퍼렇다 못해 시커멓게 보이기 전, 그러니까 잎에 노란빛이 남아 있을 시점이다. 봄꽃은 지고 여름꽃은 피지 않은 시점, 다만 보라색 오동나무 꽃만 그렇게 색깔이 고울 수 없는 숲 가장자리에 피는 그런 시점이다. 나는 도시 변두리의 산골짜기에 박힌 작은 술집에서 조그만 상 하나 사이에 두고 신발 벗은 채 책상다리를 하고 그와 마주 앉고 싶었다. 그가 그런 자리에 어울리는 사람이라는 뜻은 아니다. 나는 그런 술자리가 아니면 조금도 평화롭지 않았다. 그는 시내의 고급 술집으로 가야 한다고 부득부득 우겼다. 우기면서 그가 내게 한 말, 오래 잊혀지지 않았다.

그래. 개다리 술상 사이에 두고 마주 앉는 것도 좋다. 자네의 평화, 나도 인정한다. 하지만 내 입장을 좀 고려해주었으면 한다. 자네는 조직의 생리를 너무 모른다. 내게는 한 달에 약 2천만 원쯤 지출해도 좋은, 아니 지출해야 하는 품위 유지비가 있다. 일요일 빼고 공휴일 빼면 하루에 거의 백만 원씩 지출해야 한다. 지출하지 않고 남기면? 남기면 남긴 만큼 깎이는 게 품위 유지비다. 이게 조직이라는 것이다. 솔직하게 말하마. 나에게는 감자탕 안주로 소주 마실 시간이 없다. 돼지 삼겹살 얼마나 구워 먹어야 백만 원이 되나? 강남에 깨끗한 단골집이 있다. 거기에서 술 마시는 거, 나쁘게 볼 일만은 아니다. 나는 내 호주머니의 돈을 꺼내 쓰는 게 아니다. 거기에서 술을 마시면 여러 사람이 산다. 술집 주인은 물론이고, 지배인들도 살고, 여급들도 살고, 술과 안주 재료를 납품하는 사람도 산다. 세상은 이렇게 돌아가는 것이다.

나는 얼마나 어리석은 사람인가? 나는 그의 초대를 거절했어야 했다. 나는 조직이라는 물건이 조직의 관리자에게 허용하는 저 방만한 자유에 저항했어야 했다. 동기 동창생이라는 이름의 질긴, 습관성 연대감 같은 것은 진작 버렸어야 했다. 그러나 나는 그러지 못했다. 호기심 때문이었을까, 심술 때문이었을까? 심술이 나기는 했다. 그가, 자네는 자네 입 하나밖에 모르는 사람이야, 세상살이는 그게 아니야, 이렇게 드렁칡같이 얼크러지는 게 세상살이야, 이러는 것 같았다. 그날 늦은 오후 나는 그를 따라가 이름만 들었을 뿐 한 번도 마셔본 적이 없는 술, 언젠가는 마셔볼 날이 오겠지 하면서 기다리던 그런 고급 술을 두 병씩이나 주문했다. 그리고는 여자를 하나씩 옆에 앉히고 그와 마셨다. 그는 거의 하루 걸러 한 번씩 그렇게 마신다고 했다.

별로 친하지 않으면서도, 전혀 다른 업종에 종사하면서도 사람들은 동기 동창이라는 이유 하나만으로 더러 만나는 경우가 있다. 가슴에 손을 얹고 생각해본다. 나는 조직에 속하는 사람이 아니고 조직을 선망하는 사람도 아니다. 그런데도 수출 많이 하는 큰 회사 임원의 이름과 직위를 들먹거릴 때는 은근히 자랑스러워지고는 한다. 김하남은 어땠을까? 자칭 '무식한 장사꾼'인 그는 예술 방면 종사자 친구를, 같은 '무식한 장사꾼'들인 임원들에게 자랑하고 싶었던 것일까? 나는 장군이 된 동창만 만나면 내가 장군이라도 된 것으로 착각하고는 한다. 나는 그들을 '김준장' '박소장', 이렇게 부르지 않는다. 장군…… 얼마나 불러보고 싶던 호칭인가? ‘김장군’ ‘박장군’ 하면서 동창의 어깨를 툭툭 치는 것은 생각만 해도 기분 좋은 일이다. 이것은 틀림없이 내가 졸병 중의 졸병인 육군 병장 출신이기 때문일 것이다.

김하남과 단둘이서 취하도록 마신 횟수는 그리 많지 않다. 오래간만에 둘이 대좌한 그날 밤의 술자리에서 나는, 평소에는 드러나 보이지 않던, 재계의 거물 김하남답지 않은 측면이 노출되는 것을 보고 크게 놀랐다. 그는 자신이 종사하고 있는 분야 밖의 정보에는 놀라울 정도로 무지했다. 나는 신문의 경제면은 절대로 읽지 않고, 그의 말마따나 그는 경제면 이외에는 절대로 읽지 않아서 그랬을지도 모른다. 그의 인문적 교양은 대학 입시 준비하면서 왼 것조차도 기억하지 못했다. 고도로 조직화한 대기업 고위 임원에게 인문적 교양이 없는 것 자체는 큰 허물이 아닐 수 있다고 나는 생각한다. 내 눈에 좀 위험해 보이는 것은, 한 개인이 그 자신의 온 존재와 함께 고도로 조직화한 기업에 절대적으로 경도(傾倒)되는 사태였다. 경직은 조직의 숙명이라는 것을 나는 고등학교 1학년 나이에, 부산 해운대 해수욕장에서 배웠다.

나는 학교가 늦었다. 고등학교에 들어갔을 때 벌써 열여덟 살이었다. 그해 여름을 나는 부산에서 보냈다. 아침에 집을 나서서 천천히 두어 시간 걸으면 해운대 해수욕장이었다. 나는 동백섬에서 가까운 나무 그늘을 찾아 자리를 정하고 더우면 바닷물에 뛰어들

어 몸을 식히고, 적당하게 몸이 식으면 그늘에 누워 책을 읽고는
했다.

20대 후반으로 보이는(지금은 판단이 가능하지만 당시 내게는
그걸 알아보는 안목이 없었다) 청년 하나가 내게서 그리 멀지 않은
곳에 자리를 잡았다. 나는 바지 속에 수영복을 입고 있어서 그럴
필요가 없었지만 그는 가까이 있는, 밥도 팔고 술도 파는 유료 탈
의장에서 옷을 갈아입었던 것 같다. 수영복으로 갈아입고 나온 그
의 모습이 참 보기에 좋았다. 키도 크고 얼굴도 잘생긴데다 가슴이
그렇게 탐스러워 보일 수 없었다. 머리카락이 짧았다. 아무래도 만
든 몸 같았다. 첫날, 그 청년은 수영복 차림에 가슴을 내밀고는 해
수욕장을 어슬렁거렸다. 그러다 점심때가 되어서야 탈의장을 겸하
는 영업집으로 돌아오고는 했다. 나는, 당시의 내 나이로는 까마득
한 선배가 되는 그 청년을 유심히 관찰했다. 동물을 관찰하는 심
정으로 관찰했다. 그의 주머니 경제가 괜찮았던지 점심때는 밥상
으로 나를 불렀다. 밥 한 상에 회를 곁들여 소주를 마시는 식사는
당시에는 아무나 할 수 있는 것이 아니었다. 겨우 잔치국수나 사
먹던 나에게 밥 한 상만 해도 벌써 진수성찬이었다. 소주도 얻어
마셨다.

청년은 오후에도 해수욕장을 어슬렁거렸다. 한동안 사라졌다가
탈의장 영업집으로 돌아오고는 했다. 나는 청년이 잘생긴 몸매, 그
중에서도 특히 가슴을 뽐낸다는 인상을 받았다. 이따금씩 바다에
뛰어들어 헤엄을 치고는 했는데, 그 헤엄치는 모습 또한 우아했다.

해질녘에 나는 두어 시간 걸리는 집으로 천천히 걸어서 돌아오고
는 했는데, 바로 그 첫날 청년이 나를 놓아주지 않았다. 나는 그 청
년이 사주는 밥과 멍게, 해삼 따위의 안주와 소주를 얻어 마시고야
늦은 시각에 돌아올 수 있었다.

다음날에도 같은 자리에 갔다. 청년은, 색깔이 다른 수영복을 입
고 있었다. 전날과 똑같은 일이 되풀이되었다. 한동안 사라졌다가
는 다시 나타나고, 탈의장 영업집에서 밥과 술을 마시고는 다시 사
라지고는 했다. 일거수일투족이 매우 우아했다. 영업집 아주머니
가 손나팔을 만들어 내 귀 가까이 대고 속삭였다. 저래 가지고 꼬
시겠어? 밤늦도록 저러고 돌아다녀.

이틀째 되는 날 저녁에도 같은 일이 일어났다. 나이에 어울리지
않게 나는 취한 채로 노래를 부르며 두 시간 걸어서 집으로 돌아
왔다.

사흘째 되는 날에도 청년은 거의 비슷한 일을 되풀이했다. 첫날
과 둘째 날의 다른 점은 표정이 매우 굳어 있는데다 어두웠다는 점
이다. 그날 저녁 시간이었다. 그가 나에게 물었다.

늘 책을 손에서 놓지 않는데 책을 좋아해?

네.

몇 학년이야?

1학년이에요.

대학생인 줄 알았어. 여자 친구는 있어?

여럿 있어요.

그 나이에 어떻게?

교회에 다니거든요. 교회 학생회의 고등부에 다니면 여학생은 전부 제 친구예요.

그래?

몰랐어요?

몰랐어. 아, 나는 정말 몰랐어.

술을 먹으면서 그는 고백했다. 내 반평생 그렇게 진솔한 고백은 그뒤로도 들어보지 못했다. 그는 서울 사람이었다. 부잣집 맏아들이었다. 초중고 공부 잘했다. 대학도 서울에서 제일 좋은 곳에 들어갔다. 대학에서는 학군단에 들었다. 졸업하자 소위가 되었다. 그러니까 당시 해운대에서 만난 그 청년은 하중위였다. 그러니까 그해 여름의 셋째 날은 하중위의 마지막 휴가가 끝나는 마지막 날이었다.

공부만 했어. 학교에 실려 다녔어. 공장에서 물건이 컨베이어 벨트에 실려 다니듯이. 국민학교 때 공부 잘했어. 좋은 중학교에 들어갔어. 좋은 고등학교 나오니 큰 힘 안 들이고도 일류 대학에 들어가게 되데? 대학 다닐 때, 깡패한테 시달리는 여학생 있으면 구해주려고 태권도도 열심히 했어. 여학생들에게 잘 보여야 하니까 몸도 만들었지. 졸업하고 장교가 되었어. 그런데 나는 여학생과 사귀어본 적이 한 번도 없어. 여자 친구를 갖고 싶어. 정말 갖고 싶어. 그래서 같은 부대에 있는 선배 장교에게 물어보았지. 어떻게 하면 여자 친구를 만들 수 있느냐고? 그랬더니 해수욕장에 가서

'꼬시'라고 그러데. 그래서 결심했어. 마지막 휴가를 맞으면서 결심했어. 해운대에 가서 꼭 여자를 하나 '꼬셔' 여자 친구를 만들자고. 그래서 그저께 해운대로 내려온 거야. 그런데 나는 여자를 어떻게 꼬시는지 몰라. 아무도 안 가르쳐주었거든. 내 몸 봐, 꽤 보기 좋잖아? 그래서 수영복 차림으로 다녀보았어. 하지만 아무도 나와 사귀려고 하지 않아. 아무도 나에게 말을 걸지 않아. 내가 말을 걸어도 도망치고 말아.

에이, 그래 가지고는 안 되어요.

그러면 어떻게 해야 하는데?

그거야 저도 모르죠.

나는 병신이 되었어. 부모가 시키는 대로, 학교가 시키는 대로 했더니, 병신이 되었어. 그토록 기다리던 제대, 그 제대를 앞둔 모범 장교, 사실은 병신이었어. 나는 병신이야, 병신. 이 사회가 만든 병신. 컨베이어 벨트에 실린 병신. 시간이 지나면 완제품 쇳덩어리가 되어 뚝 떨어질 병신.

아, '컨베이어 벨트'! 벌써 30여 년 전의 일이다. 20대 후반이었던 그 청년의 좌절이 어린 가슴을 매우 아프게 했다. 나보다 열 살 가까이 많던 그 청년, 서른 전에 사회가 자신을 병신으로 만들었다는 것을 깨달았을 테니 오래지 않아 여자 '꼬시는' 방법도 터득했으리. 여름 방학이 끝났다. 학교로는 돌아가지 않았다. 컨베이어 벨트에서 내 발로 내려선 것이다.

그런데 그 '컨베이어'라는 말을 근 30년 뒤에 다시 듣게 된다. 김하남과 술을 마시면서 두번째로 놀랐던 것은 그의 폭언과 폭력이 거의 병적인 수준에 이르렀다는 것이다. 중학교를 함께 다녀보아서, 그 인연으로 오래, 이따금씩 만나온 처지라서 잘 안다. 나는 그가 누구와 싸웠다는 얘기를 들어본 적이 없다. 사적인 폭력에 관한 한, 나에게는 거친 것이지만 한 가지 나름의 생각이 있다. 우리 안에 내재해 있는 폭력의 욕구에는 안전판이 있다는 게 내 생각이다. 폭력 욕구의 내압이 한계에 달하면 안전판이 열린다. 이것이 물리적 · 정신적 폭력이다. 밖에서 폭력 쓰기를 좋아하는 사람은 집 안에서는 폭력을 잘 쓰지 않는다. 밖에서 안전판이 열려 폭력 욕구의 내압이 현저하게 줄었기 때문이다. 집 안에서 가족을 상대로 폭력을 휘두르는 사람은 바깥에서는 폭력을 잘 쓰지 않는 것도 같은 이유에서다. 안에서도 밖에서도 폭력을 쓰지 않거나 쓸 수 없는 사람은 이 폭력을 사회화시키는 경향이 있다는 것이 나의 생각이다. 폭력을 쓸 힘이 없는 사람이 자동차 운전을 난폭하게 하거나 아랫사람을 혹독하게 다루는 경향이 있다. 술을 마시면 난폭해지는 사람 중에 폭력을 사회화하는 사람은 그리 많지 않다. 거꾸로 말하자면, 폭력을 언제든지 쓸 수 있는 사람, 폭력을 언제든지 사회화할 수 있는 사람은 술을 마셔도 매우 얌전한 경향이 있다. 폭력 사회화의 천재라고 할 수 있는 폭군이나 독재자 중에 술을 좋아하지 않는 사람, 내성적인 사람이 많은 것은 이 때문이라고 나는 생각한다.

명석하고 절도 있던 조직인(組織人) 김하남의 말투는 술이 들어 가면서 걷잡을 수 없이 거칠어지기 시작했다. 나는 내 나름의 거친 생각으로, 아, 김하남이가 집 안에서나 회사에서 폭력 욕구의 내압 을 뽑아내지 못하는 모양이라고 짐작했다. 우리가 그날 마신 술집 은 김하남은 물론 그가 속해 있는 회사 사람들도 자주 드나드는 집 으로 보였다. 폭언 아니고도 그들을 잘 다루어낼 수 있는 그런 집 으로 보였다. 그러나 바로 그 점 때문에 그는 폭력을 쓰고 폭언을 하는 것으로 보였다. 취기가 오른 그는, 무리한 요구를 받고 말대 답하는 지배인의 뺨을 때렸고, 술집 경영자를 불러 그 얼굴에다 술 을 뿌렸으며, 술시중 드는 여인들을 두 번씩이나 바꾸어 들이게 했 다. 무리한 성희롱을 견디지 못하고 부드럽게 저항하는 여인의 머 리채를 잡는 김하남을 보는 순간, 나는 폭력을 쓰는 것은 김하남이 아니라 그가 속한 조직이라는 것을 깨달았다.

나는 일어섰다. 그러고는 선언하듯이 말했다.

나는 가야겠다. 나는 네가 이 아가씨들 다루는 게 마음에 안 든다.

어떻게 다루어야 하는데?

하여튼 마음에 안 든다. 아가씨들, 내가 대신 사과하겠소.

사과 좋아하시네.

좋아하시네? 그래, 좋아하는 나는 간다.

김하남은 따라 일어서는 대신 손사래로 술시중 들던 여자들을 물리쳤다. 여급들 배웅하고 돌아보니, 그가 포갠 팔뚝에다 얼굴을 묻고 있었다. 한국에서 다섯 손가락 안에 드는 종합 상사 전무이사가 흐느끼고 있었다.

가자니까?

혼자 가. 마음에 안 든다면서?

아가씨들 다루는 게 마음에 안 든다고 했다. 그렇게 모멸하면 쓰나? 모멸이라는 거, 당해본 사람이 아니면 잘 안 하는 법이다.

맞다. 나는 많이 당해봐서 그런 모양이다.

안 일어서면 혼자 가겠다.

너는 갈 집이 있어서 좋겠다. 나는…… 없다.

집이 없다니?

다만 모멸이 있을 뿐이다. 독사 같은 '독일 년'이 도사리고 있는 집구석. 내게는 집이 아니라 '바라크(병영)'다.

'독일 년'?

너희 놈들이 꽁무니를 쫓아다니던 그 잘난 '독일 년' 장선이.

독일 문학 하면 '독일 년'이냐?

너희들은 모른다, 너희들은 모른다. '독일 년'을 꿰어차는 순간 나는 너희들에게 이긴 줄 알았다. 그런데 나중에 알고 봤더니 네놈들이 내 '빤스'에다 독사를 집어넣었더구나.

…….

조금만 더 마시자. 나와 조금만 더 마셔다오.

그만하면 되었어.

나는 정말 돌아가기 싫어. 돌아가기 싫어. 안 돌아가면 안 될까?

그러면 안 돌아가면 되지 뭐. 하지만 더 마시지는 못하겠다.

그러면 우리집에 가서 마시자. 우리집에 가서.

늦었어.

술집에서는 '룸'이라고 불리는 방에서 나 혼자 나왔다. 김하남은 따라나서지 않았다. 계산대 앞에 서 있던 술집 주인이 손으로 '얘기 좀 하자'는 신호를 보내더니 주방 쪽으로 걸어갔다. 따라갔다. 그가 나직하게 말했다.

모시고 나오셔야 합니다. 혼자 걸어나오시지는 않습니다. 주사가 심한 것은 아닙니다. 초저녁에는 거칠지만 지금부터는 무저항, 무대응입니다. 막무가내입니다. 저기에서 주무신 밤이 하루 이틀이 아닙니다. 회장님은 처음 오신 것 같은데요.

회장은 아니오만 처음 온 것은 사실이오. 지금 몇 신가요?

1시가 넘었습니다.

더 마실 수 있소?

더 드실 수 있으시다면요.

방으로 다시 들어갔다. 욕 좀 해주고 갈 생각이었다. 좋은 술 한 병과 간단한 안주가 따라 들어왔다. 김하남은, 내가 다시 들어올 줄 알았다는 듯한 얼굴을 하고 눈가를 훔치며 중얼거렸다.

나, 이렇게 마신 날은, 요 옆 호텔에서 자고 바로 출근해. 그러면 내일 아침 집에서 와이셔츠가 여섯 장 날아오지.

왜 여섯 장씩이나?

주말까지 집에 들어오지 말라는 '독일 년'의 메시지. 모멸이지.

설마…….

설마가 아니다. 나는 그렇게 살아왔다. '독일 년'이 그런 메시지를 보내면 나는 집에 들어가지 못한다. 집에 들어가봐야 안방 문은 열리지 않는다. 배가 고프면 내 손으로 끓여 먹어야 한다. 라면이든 모멸이든 내 손으로 끓여 먹어야 한다.

…….

하남이, 처녀 시절에 그렇게 인물 좋고 공부 잘하던 장선이를 자꾸만 '독일 년'이라고 부르는 것을 듣고 있자니 참 기분이 묘했다. 호감을 가져본 적 있는 이성이 꿀물 같은 복을 너무 누리고 산다는 소식 너무 자주 들어도 기분이 마냥 좋지만은 않을 것이다. 그러나 한때 호감을 가져본 적이 있는 대상이 '독일 년'으로 급전직하하고 보니 듣는 내 입장에서는 기분이 마냥 좋지만은 않았다. 내가 그를 향해 사용한 '모멸'이라는 부적절한 단어가 방아쇠 노릇을 했던 모양인가? 재경 총동창회 이야기는 어디로 가고 '독일 년' 장선이 이야기만 새벽이 희붐해질 때까지 들었다. 직접 화법으로 인용하기에는 들은 지가 너무 오래되었다. 기억나는 내용만 그의 어법으로 전한다.

……모멸이라…… 참 오래간만에 들어보는 말이다. 내가 한 번도 써본 적이 없는 말이다. 그런데 한번 써보니, 참 이상도 하지, 내 살아온 것을 이렇게 잘 나타내는 낱말이 또 있겠나 싶다.

그래. 나는 지금 울고 있다. 내 인생은 위기를 맞았다. 서른 살

어름에 내가 넘었던 고비보다 더 험난한 고비가 내 앞을 가로막고 있다.

너도 보았으니 잘 알 것이다. 나, 중학교 시절 공부 얼마나 잘했냐? 특별한 노력 없이도 고등학교 들어갔다. 고등학교 시절에도 공부 잘했다. 대학 들어가는 데 별 어려움이 없었다. 대학에서도 열심히 공부했다. 우수한 성적으로 졸업했다. 열심히 공부만 하면 잘살 수 있을 것 같았다.

그런데, 그런데 말이야, 군대에 가서야 나는 알았다. 내게는 부를 줄 아는 노래가 없었다. 그래서 오락 시간이 괴로웠다. 내게는 읽은 책이 없었다. 그래서 남과 깊이 있는 대화를 나눌 수 없었다. 더더욱 괴롭고 슬펐던 것은 나에게는 여자가 없었다는 것이다. 나는 여자와 사귀는 방법을 스스로 고안하지도 못했고, 남들에게서 배우지도 못했던 것이다.

제대하고 나서 입사했다. 회사는 나에게 노래를 부를 것도, 깊이 있는 대화를 나눌 것도, 여자를 사귈 것도 요구하지 않았다. 나는 회사에서 조직의 힘을 보았다. 그때 나는 결심했다. 이 조직에 몸을 붙이자. 이 조직의 일부가 되자. 그리고 힘을 키우자. 그리하여 내가 조직이 되자. 내 믿음대로 기적이 일어나더라.

생각해봐라. 너희들같이 쟁쟁한 맞장뜨기의 고수들 틈에서 나 같은 좀생이가 어떻게 저 '5월의 여왕 출신의 수석 졸업생' 장선이를 업어 가지고 나올 수 있었겠는지. 너희들은 모르지? 너희들이 속은 거야. 내가 속았던 거야. 장선이가 너희들 중 하나를 선택하지 않은 까닭을 알아? 장선이의 청사진에 모험은 없어. 장선이의 눈에 비친 너희들은 모험이었어. 강력한 기생 식물 장선이의 눈에 비친 너희들은 너무 위험한 숙주들이었다. 나는 저 '독일 년'을 쟁취한 것이 아니다. 간택당한 것이다. 나는 장선이에게 너무나도 훌륭한 숙주였다. 왜냐? 내 배후에는 일사불란하게 연공서열을 보장하는 막강한 조직이 있으니까.

외국 문학을 전공하면 그 나라 사람의 국민성을 닮나? 장선이는 결혼 직후부터 '독일 년'으로 돌변했다. 친정 부모, 시부모, 시동생·시누이 뒷바라지하면서 석·박사 차례로 끝내는 '독일 년'이었다. 연년생 아기 둘의 발목에다 줄을 매어놓고 그 줄 한끝을 제 발목에 매고는 박사 학위 논문을 쓴 사람이 '독일 년'인 줄 너희들이 알아?

그래, 나는 조직을 사랑했다. 조직의 끈을 잡고 있는 한, 나는 너희들처럼 황야를 헤매지 않아도 좋았기 때문이다. 그런데 말이다. 조직을 사랑한 것은 나뿐만이 아니었다. 나보다 더 조직을 사랑한 사람, 바로 '독일 년' 장선이였다. 장선이가 모교에 자리를 잡기 전, 내 급료의 반은 흔적도 없이 사라졌다. 예금이 아니었다. '독일 년' 장선이의 '재투자'가 시작된 것이다. ROI, '리턴 온 인베스트먼트(투자 회수)'는 부르고 대답하는 것 같았다. 당시의 내 상사들 중에 장선이가 뿌린 뇌물성 선물 안 받아본 사람 없을 것이다.

장선이 교수의 수입은 독문학 연구에 재투자된 것이 아니다. 장선이가 학위를 얻고 대학교수가 된 것은 학문의 연구나 가르침에 뜻이 있어서가 아니었다. 직장의 하나일 뿐이었다. 그 직장에서 나온 수입도 나의 조직에 재투자되었다.

입사한 지 23년 7개월 12일. 나는 한 번도 결근한 적이 없다. 저 '독일 년'에 의해 나의 결근은 허용되어 있지 않았던 것이다. 나는 상사의 경조사에 한 번도 빠진 적이 없다. 저 '독일 년'에 의해 나의 불참은 용서되지 않았던 것이다. 야유회 날이 아닌 경우, 나는 정장하지 않은 채로 내 상사의 눈에 띈 적이 한 번도 없다.

그런데 내가 아까 너에게, 나는 조직을 사랑하는 사람이라고 말했나? 취했구나. 했다면 취소하겠다. 나는 조직을 사랑한 것이 아니다. 나는 조직에 몸담지 않고는 아무것도 할 줄 아는 것이 없어서 조직을 사랑하는 척한 것뿐이다. 진정으로 조직을 사랑한 사람은 '독일 년' 장선이었다. 조직, 그래, 나는 조직이라는 것의 생리를 잘 알고 있기는 하다. 지금까지 우리 사회를, 좋은 뜻에서 여기까지 굴러오게 한 것은 정교하게 짜여진 거대한 망상 조직이었다는 것, 이건 너도 부인하지 못할 것이다. 나는 공부를 썩 잘해서 내가 원하는 조직에 합류할 수 있었다. 많은 사람들이 그렇게 했다. 많은 사람들이 아주 좋은 대학을 좋은 성적으로 나와 학계·관계·재계·언론계·법조계 같은 거대 망상 조직과 합류한다. 일단 합류하면 조직의 '컨베이어 시스템'에 올라간다. 그러면 된다. 조직은 생리상 거기에 합류한 동아리를 외방인들로부터 차별화하고 신변을 철저하게 보호해주기 때문이다.

너는 재경 총동창회에서 내가 하고 있는 일을 잘 알고 있다. 그러나 모르는 것이 있다. 내가 알아서 하는 것이 아니다. 모든 아이디어는 '독일 년'의 머리에서 나온다.

아, '독일 년', 정말 강적이다. 머리도 나보다 좋고, 공부도 나보다 훨씬 많이 했다. 집안도 나보다 더 좋고 인물도 나보다 더 좋다.

나는 일주일에 '와이샤쓰'를 일곱 번 갈아입는다. 일요일에는 '독일 년'을 따라 교회에 가야 하기 때문이다. 나는 예수님을 믿지 않는다. 그러나 나는 '독일 년' 장선이를 따라, 우리 전무와 상무와 이사가 나가는 교회에 따라 나가지 않으면 안 되었다. 나는 하루에 아침 저녁으로 두 번씩 샤워를 하고 일주일에 '란닝구'와 '빤스'를 일곱 번 갈아입는다. 갈아입지 않으면 나는 소파 위에서 자야 한다. 나는 섹스의 노예가 되어 40대 초반까지만 해도 한 주일에 두 차례씩 복무하지 않으면 안 되었다. 이 복무 규정을 위반할 경우 내가 치러야 하는 대가는 혹독했다. 나는 이 복무 규정을 몇 차례 어겼다가 근 반년 동안 거실 소파에서 홀아비로 살지 않으면 안 되었다. 살아 있다고 해도 살아 있는 것이 아니었다. 내 숨통은 '독일 년'의 발뒤꿈치에 눌려 있었다. 나는 숨을 쉴 수가 없었다.

그러다 마흔다섯 때 그 무대에서 퇴역했다. 임포텐츠(발기 불능).

마흔다섯이었다. 임포텐츠

꽃다운 마흔다섯에 임포텐츠.

몇 달 전, 열다섯 살 처녀 때 임금님께 샘물 한 바가지 올리고 들은 치하 말씀 한마디가 그만 너무 황송하여 80 평생을 그 임금님 생각하면서 홀로 그 샘을 지키다 세상 떠난 '새미 할매' 이야기를 쓸 때는 '승망풍지 견기이작(乘望風旨 見機而作)', 이 여덟 글자가 내 뇌리를 떠나지 않았다. '어른들 눈치를 보아 기분을 잘 맞추고 기미를 알아차려 미리 손을 쓴다'는 뜻이다. 하지만 나는 이 말을 쓰지 않았다. 내 생각을 전하는 도구로서의 언어로는 이 시대에 적당하지 못한 표현이라는 생각 때문이었다. 저의 뿌리인 양반 위세를 지나치게 하느라고 아들 장가 보낼 때를 놓쳐 외국 며느리를 사들이지 않으면 안 되었던 새대가리 '세대 아재' 이야기를 쓸 때도 이 말은 내 입가를 맴돌았다. '새미 할매'나 '세대 아재' 모두 시대를 눈치채지도, 기미를 알아차리지도 못한 사람들이기 때문이다. 왕조 시대 인간들과, 양반 위세하는 인간 이야기에서 드러나던 적의가 김하남 이야기에 이르러서는 조직이라는 것에 겨누어지는 것을 어쩔 수 없다. 자랑스럽게 쓰거니와, 나는 김하남이라는, 나와는 전혀 다른 인간의 미래를 오래전부터 읽고 있었던 것 같다.

나는 중학교를 1960년대 초에 다녔다. 교문을 들어서면 교훈을 새긴 거대한 바위가 서 있고, 바위 뒤로는 빨간 벽돌로 지은 학교 본관 건물이 서 있었으며 건물 위에는 두 개의 깃발이 펄럭이고 있었다. 하나는 태극기, 하나는 교기였다. 등교하는 시각에는 훈육 주임 교사의 지휘를 받는 상급생들이 띄엄띄엄 일렬로 서서 우리들의 복장을 일일이 검사했다. 우리는 교문 들어서자마자 그 상급생들에게 일일이 거수경례를 해야 했다. 훈육 주임 교사 앞을 지나면 자유였다. 우리는 짧은 시간의 긴장에서 풀려나 군대식이 아닌, 순수한 민간인 걸음걸이로 교실로 향하고는 했다. 그런데 훈육 주임 교사 앞을 지나고도 거수경례를 한차례 더 하는 동급생이 있었다. 교훈 새겨진 바위 앞에서, 본관 지붕에서 펄럭이는 태극기를 향해 경례를 한차례 더 하는 것이었다. 상급생에게 하는 경례나 훈육 주임에게 하는 경례보다도 태극기를 향해 하는 그의 경례는 꽤 길어서 약 4초 정도 되지 않았나 싶다. 일단 교사에 들어서면 모자를 벗어야 했다. '실내 탈모'의 교칙 때문이다. 실내에 들어서면 발뒤꿈치를 들고 소리나지 않게 복도 좌측을 걸어야 했다. '좌측 보행'의 교칙 때문이었다. 우리는 그렇게 교실로 들어서서, 까까머리 중학생들이 새떼같이 재잘거려 지어내는 교실의 풍경과 소음에 합류했다. 그러나 교훈 새겨진 바위 앞에서 경례를 한차례 더 하던 동급생의 국기에 대한 경의 표시는 거기에서 끝나지 않았다. 그는 교실에 들어서서도 칠판 위에 걸려 있는 태극기를 향하여 가만히 걸음을 멈추고는 오른손을 왼쪽 가슴의 심장 위에 얹고는 경의를 표했다. 그래서 등교할 때 그 친구를 교문 가까이에서 만나는 다른 친구들은 잠깐 숨을 멈추는 경험을 공유하기 싫어 걸음걸이 속도 조절로써 그 친구를 피하고는 했다. 교실에서도 비슷한 일이 일어났다. 그 친구가 교실 안의 태극기를 향해 경의를 표할 때면, 냇물에 자갈 구르듯 자글거리던 교실 안이 잠시나마 물 밑처럼 조용해지고는 했다. 우리는 그 친구가 사관학교로 진학할 것이라고 생각했다. 그러나 그는 사관학교로 진학하지 않았다. 그가 누구인가 하

면, 뒷날 상과대학에 진학한 김하남이다. 김하남은 우리를 많이 웃
겼다.

50대 실업자가 50퍼센트가 넘는다는 신문 보도를 보는 순간, 나
는 김하남을 떠올렸다. 50대까지 한 회사를 지킨 사람이 있다면 그
는 조직의 연공서열 약속을 철석같이 믿고 제 삶을 거기에 바친 사
람이기가 쉽다. 이런 사람들에게 조직의 배신은 죽음에 버금가게
쓰라린 일일 터이다. 김하남이 반강제 퇴직을 당했다는 소식을 듣
는 순간, 그리고 그 김하남이 근 한 달째 행방불명이라는 소식을
듣는 순간 내가 떠올린 것은 조직이라는 우상의 비항상성, 그리고
그 우상이 숙명적으로 맞은 황혼이었다. 그러나 나의 진단은 부분
오진이었다.

……상투적인 말입니다만, 충격이 컸을 테지요.

장선이 교수 앞에서 나는 말이 궁했다. 많이 들어야 도움될 말을
지어내겠는데 장선이는 속내를 잘 털어놓지 않았다. 나는 상투적
인 말을 미끼로 그의 속을 열어볼 생각이었다.

그럴 테죠. 가문을 섬기고 지키듯이 회사를 섬기고 지켰는
데…….

한 달째 나타나지 않고 있으니, 일단 행방불명이라고 잔인하게
불러봅시다. 퇴직과 행방불명 사이에 직접적인 관계가 있다고 보
세요?

그렇다고 봐야죠. 엄청 괴로워하더라고요. 사람 관리하고, 시간

관리하고, 정보 관리하던 사람이 그 자리를 잃으니까 할 줄 아는
게 아무것도 없는 사람이 되더라고요. 책 읽어를 봤나, 컴퓨터 다
루어를 봤나, 운전 배워를 봤나…… 한동안 술밖에 안 마시더라고
요. 사람 기피하고…….

다툼이 없었을 수 없겠지요?

저는 새로운 자리를 강력하게 권했어요. 집안 경제 안정시켜놓
았겠다, 아이들 다 키워놓았겠다, 이제 연봉 액수에서는 어느 정도
자유로워졌거든요.

새로운 자리, 그거 쉽지 않지요. 남성의 세계는 여성의 세계와
조금 다른 것이 있습니다. 남성에게는 실리보다 명분을 무겁게 여
기는 경향이 있습니다. 자존심을 지켜야 할 때는 실리를 버리기도
합니다. 새로운 자리 때문에 다툼이 있었던 것이군요?

직업병이라고 하나요? 와이셔츠 위에 양복 윗도리를 입어야 마
음이 안정되나 봐요. 집에서도 와이셔츠를 입고 지내더군요. 집에
못 붙어 있고, 어디론가 나다녀야 했지만 회사에 운전사를 빼앗기
고 난 뒤로는 그 짓도 못 하고…….

저는 동기생이지만 자주 만나지 못하는데다, 저 자신이 동창 사
회라는 것을 별로 좋아하지 않아서 하남이의 과거 이력이나 근황
을 자세히 알지 못합니다. 대단히 실례지만 현역 시절, 외박하는
일이 더러 있었는지요? 말하자면 그런 일로 두 분이 다투신 적
이…….

그쪽으로 몰아가시려는 것 같네? 그런 것 없어요.

없다면 다행이지만…… 사랑하는 부인이 상심할 것을 염려해서라도 나타나든지 연락을 취하든지 하지 않았을까요? 어렵기는 김하남이나 장교수나 마찬가지였을 테니까요.

그러니까, 내게 책임이 있다는 말이군요.

장선이는 나를 불러내어 김하남이 행방불명된 사건을 진지하게 의논하려는 것이 아니었다. 그는 내게서, 자기에게 필요한 정보만을 들을 생각인 것 같았다. 장선이를 만나러 나오기 전에 동기생들에게 전화해서 누구누구가 장선이의 호출을 받았는지 확인하기를 잘했다 싶었다. 지아비를 찾기 위해 실오라기 같은 정보에도 희망을 거는 것이 아니었다. 실오라기 같은 정보까지 모아들여 자기에게 유리하게 이용해보겠다는 심사를 나는 장선이의 말투에서 느낄 수 있었다. 나는 장선이와의 대화를 불협화음으로 몰고 갈 준비를 서둘렀다. 나는 어깃장을 놓기로 했다.

오랑우탄이라는 동물을 아시지요? '오랑우탄'이라는 말은 이 동물이 많이 사는 나라 말로 '숲의 사람'이라는 뜻이라고 하네요. 이게 '숲의 사람'이라는 이름을 얻은 경위가 재미있어요. 오랑우탄은 혼자 다니기를 즐긴다고 해요. 혼자 어슬렁어슬렁 숲속을 돌아다니는 이 동물을 보고 사람들은 이렇게 생각했겠지요. 고독은 사람만이 느낄 수 있는 것인데, 저 짐승이 홀로 고독을 즐길 줄 아는 것을 보니 기특하다. 저 짐승을 앞으로 '숲의 사람'이라고 부르기로 하자…… 그러나 오랑우탄은 고독을 좋아하는 것이 아니래요. 오랑우탄은 대단한 대식가에다 미식가를 겸한다고 하지요. 거기에다

가 덩치도 굉장히 큽니다. 이러니 무리를 지어 가지고 다니다가는 배불리 먹을 수가 없지요. 그래서 혼자 다니는 것이지요.

김하남 씨가 오랑우탄이라는 건가요?

투우사가 싸움소 앞에서 흔드는, 우리의 양면 보자기와 흡사한 물건을 스페인 말로 '물레타'라고 한다는군요. '물레타'는 두 가지 색깔로 되어 있다고 하지요. 소를 향하는 쪽은 붉은색, 투우사 자신을 향하는 쪽은 노란색…… 내가 무슨 소리를 하려는지 벌써 아시지요? 얼핏 보기에는, 투우사가 붉은 물레타로 싸움소를 흥분하게 만드는 것 같지만 실제로 흥분하는 것은 싸움소가 아니라 관중인데, 그 까닭은 소는 색맹이어서 세상의 모든 색채를 흑백으로만 인식하기 때문이라는 것이지요.

왜 이러세요, 대체?

채찍으로 사자를 다스리는 서커스단의 조련사를 아시지요? 우리는 사자가 공격해올 경우 조련사가 채찍을 휘둘러, 혹은 고압의 전기 충격으로 사자를 격퇴시키는 것으로 알고 있지요. 그러나 그렇지 않다는군요. 사자를 다루기에 앞서 조련사는 사자를 넉넉하게 먹이고 마음을 가라앉혀둔다지요. 말하자면 사자로 하여금, 조련사를 공격할 필요를 전혀 느끼지 못하는 상태로 만들어둔다는 것이지요. 사자가 포만감을 느낄 때는 절대로 다른 동물을 공격하지 않는다는 사실은 널리 알려져 있는 일이지요. 그러나 예외가 있답니다. 다른 동물과 마찬가지로 사자도 자기만의 공간, 자기만의 평화를 누리고 싶어하는데, 이걸 방해하면 배부른 상태에서도 다른 동물을 공격하지요. 조련사가 다가가면 사자는 가만히 보고 있어요. 그러다가 조련사가 어느 선을 넘는 순간, 사자는 으르렁거립니다. 자기만의 공간이 침범당하는 순간이지요. 조련사는 채찍을 듭니다. 그러면 사자는 다소곳이 고개를 숙이지요. 채찍에 맞는 것이 무서워서요? 아니지요. 잘 보세요. 조련사는 채찍을 들면서, 앞발을 뒤로 뽑아요. 바로 이겁니다. 사자가 다소곳이 고개를 숙이는 것은 스스로 자기만의 공간이라고 상정한 지점에서 조련사가 발을 뽑았기 때문인 것이지요. 우리는 이렇게 많이 속고 살아요.

지금, 저를 놀리시는 건가요? 저는 요설을 들으려고 나온 게 아니거든요.

내 요설은 들어둘 필요가 있을 텐데요?

어째서요?

여기에 답이 들어 있을지도 모르니까요.

틀렸어요.

장선이는 그렇게 찬 바람을 일으키며 찻집을 나갔다. 그는 나의 말을 온전히 이해한 것 같기도 하고 전혀 이해하지 못한 것 같기도 했다. 나는 자리에 남아, 2년 전 고급 술집에서 김하남이 술에 취해 내게 들려주던 '독일 년' 이야기를 한동안 더 음미했다.

……한국 사람이 영어할 때 '임포턴트 important'와 '임포텐트 impotent'의 발음을 잘 구별하지 못한다더라만, 그래, 나는 회사에서는 '베리 임포턴트 퍼슨 Very Important Person', 집에서는 '베리

임포텐트 퍼슨Very Impotent Person'이었다. 나는 '임포텐츠'의 원인 제공자로부터 인간 취급을 받지 못했다. 나는 5년 동안을 임포텐츠로 살았다.

고백하거니와, 나는 아내와의 결혼 생활이 시작된 이후로 임포텐츠가 될 때까지 외도한 적이 없다. 한 번도 없다. 외국 출장 나가면 그럴 기회는 얼마든지 있다. 외국 출장 나갈 때마다 나를 수행하던 부하 직원들은 내 눈치를 살피고는 했다. 내가 오랜 조직 생활에서 자랑할 만한 것이 두 가지 있다. 하나는 내 업무에 나태하지 않았다는 것, 또 하나는 직권을 남용해서 부도덕한 짓을 하지 않았다는 것이다.

그런데…… 그런데 말이야. 그런데…… 그런데 말이지. 나는 '독일 년'에게 저항하지 않으면 안 되었다. 나에게는 아무것도 없었다. 재산도, 아이들도, 명예도 그 여자의 것이었다. 나에게는 저항의 수단조차 남아 있지 않았다. 그런데 한 가지는 남아 있는 것으로 판명되었다. 그렇다고 내가 그 수단으로써 적극적으로 저항을 시도했던 것은 아니다. 근처에는 이 집말고도 내 단골 술집이 또 있다. 그 술집에서 술시중 드는 아이 중에 참 수더분한 아이가 있었다. 공부 많이 하지 못했기에 이 바닥으로 나왔을 테지만, 이 바닥의 여느 아이들 같지 않게 마음을 늘 곧게 쓰는 아이였다. 마음을 곧게 쓴다…… 나는 이런 사람들 알아보는 데는 귀신이다. 예쁜 아이는 아니었다. 내 농담을 흉내내어, 상무님 같은 분하고 하루만 살아봐도 원이 없겠다는 농담을 좋아했다. 농담이 진담 된다고…… 말이 씨가 된다고…….

할렐루야! 나는 임포텐츠가 아니었다. 나는 꽃다운 청춘이었다. 부활이 아니었다. 나는 죽은 것이 아니었던 거다. 나는 특정인, 도덕이 권하고 법률이 정한 특정한 여자에 대해서만 임포텐츠였던 것이다.

살림을 차려주었던 것은 아니다. 용돈 주었다는 것은 부정하지 않겠다. 이 바닥으로 나오지 못하게 하고 싶다는 유혹을 느꼈다는 것, 부인하지 않겠다. 내 생애 처음으로 간헐적으로나마 행복을 느꼈다. 여자는 나에게 아무것도 요구하지 않았고 아무것도 묻지 않았다. 회사일이 바쁘고 집안일이 바빠 오래 저를 찾지 않아도 섭섭해하는 법이 없었다. 누구와 술을 마셨느냐고 묻는 법도 없었다. 아무 사전 연락 없이 외국 출장을 오래 다녀와도 원망하는 법이 없었다.

장선이에 대한 죄의식 같은 것은 느껴지지 않았다. 처음에는 통쾌한 복수였다. 하지만 시간이 흐름에 따라 그것은 다시 찾은 행복 같은 것이었다. 상상해보라. 나는 젊음을 되찾았다. 나는 거의 난생처음으로 그 여자와 머리를 쓰지 않는 대화를 나누었다. 숨통이 터진 것이다. 1년쯤, 거의 꿈같은 시간이 흘러갔을 것이다.

저 '독일 년'에게 꼬리를 밟혔다. 집요한 추적에 든 비용도 필경은 내 주머니에서 나간 것이었으리라. 아, 어리석지 않은가? 저 '독일 년'이 나를 논리적으로 조목조목 비난했는데, 비난의 논거 중 가장 중요한 게 무엇이었는지 아는가? 술집 여자. 이것 하나뿐이었다. 그는 주장했다. 외도하는 것은 이해할 수 있다. 그럴 수도 있는 일이다. 그런데 왜 하필이면 술집 여자였느냐는 것이다. 그는 주장했다. 대학교수인 자기보다 나은 여자와 외도했다면 눈을 감을 수도 있다고 했다. 이게 말이 되는가? 그러니까 주장을 요약하면 이렇게 된다.

……나는 당신이 바람을 피웠다는 사실만 가지고 이렇게 길길이 뛰는 것이 아니다. 그 여자의 어디가 나보다 나으냐? 당신은 나를 모욕한 것이다. 나보다 나은 여자와 바람만 피웠어도 내가 이러지는 않을 것이다.

믿어지는가? '독일 년' 같은 장선이 교수가 사실은 헛똑똑이였다는 사실이?

나는 책을 많이 읽지 못했지만 『삼국지』는 여러 번 읽었다. 사업하는 일본인 친구와 『삼국지』 얘기를 한 적이 있다. 그런데 이상하게도 그 일본인은 우리 한국인과는 달리, 개인적으로 유비 3형제보다는 조조를 좋아한다면서 일본에는 자기와 비슷한 생각을 가진 사람들이 많다고 하더라. 실제로 일본에는 조조를 재평가하는 책이 여러 종류 나와 있다. 우리는 성공한 정치가이자 장군이라고 할 수 있는 조조가 악당 취급을 받는 데 견주어 실패한 정치가이자 장군이라고 할 수 있는 유비와 그의 두 아우가 대중의 사랑을 독차지하는 까닭을 놓고 오래 토론을 벌였다. 그러나 끝내 답을 찾아내지는 못했다. 그래서 나는 혼자서, 내가 왜 이들을 좋아하는지 그 까닭을 한번 곰곰이 생각해보았다. 말하자면 분석을 때려엎고 썩 '심정적'인 상태가 되어보았던 것이더. 그랬더니, 세상에 참 이상한 일도 다 있지? 일본인 친구가 조조를 좋아하는 까닭으로 열거했던 조조의 잘난 점들이 내게는 조조를 싫어하는 이유가 되더라고. 일본인 친구가 유비 3형제를 싫어하는 까닭으로 열거했던 3형제의 못난 점들이 내게는 이들을 사랑하는 이유가 되더라고. 그러나 어떤 형식으로든 '사랑'을 말할 자격이 나에게는 없었다.

여자는 사라졌다. '독일 년'이 사라지게 한 것이다. 나는 이 지독한 여자로부터 그 아이에 대한 말은 한마디도 들을 수 없었다. 대명천지에 이럴 수가 있는가? 지독한 여자는 침묵으로 일관했다. 그러나 나는 침묵으로 일관할 수 없었다. 장선이의 표독한 성정을 잘 알기 때문이다. 사람을 사서 풀었다. 같이 일하던 여급을 찾아내고 출신지를 알아내고, 그래서 찾아내고 보니…… 믿어지는가? 나는 돈의 힘을 믿었다. 그러나 한 여자가 돈으로써 다른 여자의 아기를 긁어내고, 돈으로써 그 여자의 자궁을 적출하는 것까지 가능하다는 사실은 알지 못했다. 만신창이가 된 그 여자, 돈이 생겼다면서 좋아했다. 나는 난생처음 여자를 안고 울었다. 나는 사업하는 사람이지만 한국인이라서 조조보다는 유비 3형제를 더 좋아한다. 좀 모자라는 이 여자도 그렇다. 나는 아무래도 좀 모자라다는 이유 때문에 이 여자가 좋은 것 같다. 건강 되찾게 해서 강원도 바닷가, 군대 생활 할 때 보아둔 강릉 어느 어름에 숨겨놓았으니 네가 그렇게 인상 찌그러뜨릴 것은 없다. 해피 엔딩이 아니냐. 너희들은 복 받은 줄이나 알아라. 너희들을 대표해서 이 어리숙한 인간이 독사 같은 '독일 년' 장선이에게 걸려들어 인생의 절반을 찌그러뜨렸으니…… 일어서자. 7시부터 조찬 회의가 시작되니까.

김하남의 행방이 묘연해지고 나서 달이 여러 번 바뀌고 계절이 두 번이나 바뀌었다. 장선이의 근황 따위는 조금도 궁금하지 않았다. 동창회를 기피하던 나도 그해 망년회만은 잦아서 참석했다. 동기들이 김하남의 행방불명을 어떻게 해석하는지, 김하남의 행방불명에 관한 정보를 어떤 식으로 나누고들 있는지 몹시 궁금했기 때문이었다. 나는 조직에 속해 있던 인간으로서의 김하남에게는 하등의 호감도 가지고 있지 않았다. 그 조직에서 밀려난 김하남에 대해서도 연민의 감정 같은 것은 가지고 있지 않았다. 그러나 그럴싸한 순애보를 연출해낸 김하남에 대해서는, 그에게 내가 알지 못하는 어떤 또 다른 측면이 있어서 그런 복을 지어내었는지 나름대로 확인해보고 싶다는 유혹은 남아 있었다. 김하남의 죽음을 말하는 친구는 하나도 없었다. 피랍 가능성을 제기하는 친구가 하나 있었다. 김하남이 수많은 실력자들을 딛고 종합 상사의 고위직에 올랐던 만큼 적이 없을 수 없었으리라는 게 그 친구의 추측이었다. 그 추측은 김하남의 부정적인 측면과 관련된 에피소드 소개의 방아쇠가 되었다. 어디에선가 조용히 살고 있을 것이라고 전망하는 친구도 있었다. 장선이의 철권 통치를 방불케 하는 지아비 관리가 입방아에 올랐다. 때를 같이해 김하남의 긍정적인 측면과 관련된 에피소드들도 몇 가지 입에 올랐다. 다행히도 김하남의 순애보와 관련된 정보를 가진 친구는 없었다. 나는 그 자리에서, 김하남이 나에게 가장 깊은 속내를 드러낸 까닭을 짐작했다. 그는, 청년 시절 장선이와 가장 가까웠던 친구로 나를 지목하고 있었음에 분명했다. 김하남을 옹호하던 한 친구의 이야기가 오래 내 마음을 드나들었다.

하남이와 군대 생활 같이했어. 하남이는 중위 달고 이웃 중대의 중대장을 하고 있었고, 나는 상등병 소총수로 근무했지. 하남이 그 친구, 장교라고 얼마나 뻣뻣하게 굴던지…… 원칙은 칼같이 지키는 정말 멋대가리 없는 장교였다. 고등학교 동기 동창생이라고 봐주는 거, 그런 거 전혀 없었어. 애인이…… 에이, 지금의 마누라는 아니야…… 불원천리 면회라는 걸 왔는데, 외박 허가가 안 나와. 비상이 걸려서…… 외박 허가가 나와야 여관 있는 곳으로 나가 애인을 재우는데…… 금지옥엽으로 자란 여자 데리고 야산 쌍무덤 사이에서 잘 순 없는 일 아냐? 사정을 딱하게 여긴 우리 소대장, 아, 물론 나와 하남이가 동기 동창이라는 거 알고 있었지, 하남이에게 어떻게 손을 써서 임시 외박 허가라도 받아주도록 간청했나 봐. 원칙과 타협의 절묘한 조화. 하남이는 제가 쓰던 '비오큐'를 빌려주더군. 비오큐? 독신 장교 숙소를 우리는 그렇게 불렀어. 하남이 덕분에 나는 외박 허가 없이도 애인과 잘 수 있었지. 우리 마누라에게 이거 '꼬아'바치는 놈 있으면 평생 불구대천의 원수로 삼을 테니까 그리들 알아라.

그 이야기 듣고 나는 속으로, 그러면 그렇지 했다. 그나마 그런 복이라도 지은 게 있어서, 고위 경영자에서 하루아침에 끈 떨어진 연 꼴이 된 하남이에게 갈 데라도 있는 것이거니 했다. 나는 애인과 독신 장교 숙소에서 하룻밤을 보낸 친구에게 하남이와 함께 근무한 곳이 어디냐고 물어보았다. 시 이름은 물론이고 동 이름까지 나왔다. 산세와 골짜기가 어찌나 좋은지 최근 들어 가톨릭 신부들 피정하는 기도원까지 들어서 있다고 했다. 정 궁금하면 한번 찾아가볼 수 있는 사람은 나밖에 없지 싶었지만, 상처받은 인간, 당분간은 건드리지 않는 것이, 귀중한 정보를 넘겨준 김하남에 대한 도리로 여겨져서 기도 한마디로 찾는 것을 대신했다.

꼭꼭 숨어라, 머리카락 보일라.

호모 비아토르

들을 때 가슴 아프던 박한우의 말이 이제 내게 구원이 되었다.

"……나는 어둠을 사랑하는 것이 아니다. 어둠을 이기고자 하는 것이다. 나는 어둠과의 싸움에서 거의 이긴 것 같다. 우리집은 늘 열려 있다. 우리집은 잠글 수 없는 집이다. 늦은 밤, 차를 몰고 돌아오면 잠글 수 없는 이 집은 어둠 속에서 나를 기다린다. 안에 사람이 있는 것처럼 보이려고 등 하나 켜두고 나가는 짓 따위, 나는 하지 않는다. 내가 없을 때면 내 집은 어둠이다. 어둠 속에서 혼자 나를 기다리는 집, 차고에 차 몰아넣고 전조등을 끄면 이 집은 다시 어둠에 잠긴다. 차고에는 빛을 가둘 힘이 없다. 나는 어둠 속에서 움직인다. 내 눈에 보이는 것은 아무것도 없다. 느낌으로, 가늠으로 움직인다. 차고에서 거실로 통하는 문을 연다. 이 문도 잠겨 있지 않다. 차고도 잠겨 있지 않다. 잠금 장치가 있기는 하지만 나에게는 열쇠가 없다. 나는 잠글 수 없는 집에 살고 있다. 잠글 수 없는 집에 오래 살면 타인과의 경계가 없어진다. 나는 열쇠 둔 곳을 잊고부터 어둠을 거의 두려워하지 않게 되었다. 내 집 거실의 어둠은 나에게 특별히 호의적이지도 않지만 적대적이지도 않다. 처음 몇 년간은, 거실에서 들려올지도 모르는 소리에 신경을 많이 썼다. 하지만 이제 그런 신경은 도무지 쓰지 않는다. 거실을 가만히 가로질러 계단을 오른다. 달밤이어도 계단에서부터는 아무것도 보이지 않는다. 나는 가만가만 손잡이를 쓰다듬으면서 계단을 오른다. 층계참에서 오른쪽은 손님 방이다. 왼쪽에 나의 침실이 있다. 침실도 잠겨 있지 않다. 침대에 가만히 앉으면 비로소, 돌아왔구나, 이런 느낌이 온다. 한동안 그렇게 앉아 있다가 역시 가만히 일어나 겉옷을 벗는다. 옷장을 열면, 왼쪽에 아무것도 걸려 있지 않은, 빈 옷걸이가 있다. 옷걸이를 꺼내 겉옷을 건다. 옷장 문을 닫고는 속옷을 벗기 시작한다. 벗은 속옷은 옷장 옆의 방 한구석으로 던진다. 속옷은 정확하게 어둠 속을 날아, 내가 놓아둔 세탁물 바구니에 떨어진다. 알몸으로 침대에 한동안 누워 있으면 방 안의 사물이 보이기 시작한다. 문명 세계에 완벽한 어둠은 있을 수 없는 거 아닌가? 가로등 혹은 이웃집의 실내등 잔광이 내 집 안의 완벽한 어둠을 어느 정도 몰아내고 있다는 것을 확인하고 나서야 나는 불을 켠다. 나는 어둠을 사랑하는 것이 아니다. 어둠을 이기고자 하는 것이다. 나는 어둠과의 싸움에서 거의 이긴 것 같다."

나는 미국 생활을 4, 5년쯤 하고 나서야, 자음과 자음이 마구 부딪치는 것이 우리나라 말의 특징 가운데 하나라는 것을 알았다. 그걸 알게 된 덕분일 것이다. 여러 나라 사람들이 자국어로 시를 낭송하는 자리에서 나는 확인할 수 있었다. 또르르 굴러가는 느낌을 주는 라틴계 언어나 일본어, 달착지근하게 감겨드는 듯한 프랑스어에 견주어 우리말은 낭송하는 사람의 입 안에서 턱턱 막히거나 혀에 자주 거치적거린다는 인상을 받았다. 모국어의 약점을 발견한 날의 외로움을 뭐라고 해야 할지. 아마도 그게 싫어서 그럴 것이다. 외국에 가면, 자기의 영문 이름을 자음, 모음, 자음, 모음, 이런 순서로 가지런히 재배치하는 한국인을 자주 볼 수 있다. 예를 들면 '남호'를 '남호 Nam Ho'라고 쓰는 대신 '나모 Namo'라고 쓰는 경우가 그렇다. '케이 K' 같은 자음으로 끝나는 한국인의 이름을 들으면 자동차의 급제동 페달을 밟는 듯한 느낌을 받는다는 외국인을 만난 적이 있다. 그게 싫어서 그러는지 모음을 하나 덧붙임으로써 이름 끝을 살며시 열어두는 사람도 있다. '순옥'을 '수노키 Soonoki', '지숙'을 '지수키 Jisuki'라고 쓰는 경우가 그렇다. '숙희'를 '수키 Suki', '선희'를 '서니 Sunny'라고 쓰는 경우도 늘어가고 있는 것 같다. 스스로를 '하누 Hanu'라고 부르는 박한우도 그런 사람 중의 하나다. 한우는 그랬다. 성(姓)이야 사라질 리 없겠지만 우리 이름자에 들어 있는 돌림자는 곧 사라질 것이라고.

20대 후반부터 줄곧 한국과 외국을 드나들면서 살던 박한우가 한국에, 직장에, 가정에 코 박고 사는 동창생들을 '따개비들'이라고 불렀을 때, 많은 친구들이 이구동성으로, 외국 산다고 재는 거냐 하면서 발끈했던 적이 있다. 어 뜨거라, 하면서 기죽는 시늉을 하는 친구도 더러 있었다. 나는 후자에 속했다. 따개비……, 바위 같은 데 착 달라붙어 사는, 삿갓조개 비슷한 절지(節肢) 동물이다. 표준말로는 '굴등'이라고 하는 모양인데, 표준말로는 맛이 안 나는 것 같다. '따개비'라고 해야 비로소, 친구들을 모멸하려는 박한우의 의도가 잘 드러나는 것 같다.

동기 동창 모임에 빠지면 큰일이라도 나는 줄 아는 '따개비들'과는 달라서 그는 중고등학교 동창 알기를 쥐뿔로 알았다. 오죽했으면 동기 동창 모임을 '따개비 기추'라고 불렀을까? '기추'는 '계 모임'을 뜻하는 경상도 사투리다. 저잣거리 드나드는 사람들은 '지추'라고 하기도 한다. 박한우의 주장에 따르면, 동기회나 동창회는 인생관이 다르고 세계관이 다른데도 불구하고 그 구성원들이 서로 한없이 관대해질 수 있는, 참으로 이상한 온정주의의 온상이다. 그는, 겨우 3년에 걸쳐 공유하는 기억, 그나마 조각난 기억이 우리 삶에서 그렇게 소중한 것이냐고 묻는다.

80년대 후반의 일로 기억한다. 모교 야구부를 재정적으로 지원하자는 운동이 동창 사회 내부에 퍼지고 있을 때였다. 우리 동기회에 할당된 금액이 2천만 원가량 되었던 것으로 기억한다. 당시의 2천만 원이면, 40대 중반 남성의 1년 수입에 가까운 큰돈이었다. 서울에 사는, 비교적 형편이 좋은 동기 동창들 술자리에서 동기회 총무는 취기가 약간 오른 분위기를 이용해 기부 액수의 약정을 받고자 했다. 우리는 서로의 눈치를 살피면서 10만 원, 20만 원, 이런 식으로 총무에게 약정하고 있었다. 당시 서울에 들어와 있던, 동창 모임이라면 알레르기 반응을 보이던 박한우가 그 자리에 합류하게 된 내막은 자세하게 기억나지 않는다. 모르기는 하지만 학창 시절 가깝게 지내던 친구와 단둘이 만나는 줄 알고 나왔다가 엉뚱하게 도 '따개비 기추'에 합류하게 되지 않았나 싶다. 그렇다면 박한우 는 화가 조금 나 있었을 가능성이 있다. 박한우는 불편해하는 표정 으로, 수첩을 펴들고 기부 금액을 약정받는 총무를 바라보고 있다 가, 모금 액수가 얼마나 되어야 하느냐고 물었다. 총무가 액수를 말하자, 박한우는 자기가 낼 테니까 친구들을 괴롭히지 말라고 했 다. 총무로서는 쾌재를 불렀을 수밖에. 그는 수첩의, 약정 액수를 적던 페이지를 잘게 찢어 공중에 뿌리면서 '박한우 만세'를 불렀 다. 종잇조각 대부분이 박한우의 머리 위로, 어깨 위로 함박눈처럼 떨어졌다. 술자리가 질적으로 양적으로 거침없이 확대되지 않을 수 없었다.

총무로부터 약정을 다시 해달라는 내용의 전화를 받은 것은 그 로부터 한 주일 뒤의 일이다. 박한우가 전담한다고 했는데 약정을 왜 또 받아야 해, 하고 내가 물었다. 총무 말에 따르면, 입금이 늦 어지기에 박한우에게 전화를 걸어 독촉했더니, 전혀 기억나지 않 는다면서, 고국에 들어와 교환 교수로 잠깐 머무는 노총각을 도와 주지는 못할망정 껍질까지 벗기려 한다며 되레 화를 벌컥 내더란 다. 그랬다. 이제 기억난다. 미국 대학에서 안식년 휴가를 얻은 박한우가 서울의 모교에 교환 교수로 머물고 있을 때의 일이다. 많은 친구들이 술김에 한 박한우의 무책임한 약속을 비난했다. 그 자식이 우리를 가지고 논 거야! 이러면서 다시는 만나지 않겠다는 친구도 있었다. 그런데 내 눈에는 박한우가 참 멋있어 보였다. 친구들 말 몽둥이에 조리돌림을 당할까 봐 멋있어 보인다고 드러내어놓고 말한 적은 없다. 이 눈치 저 눈치 핼금거리면서 10만 원 낼까, 20만 원 낼까, 지갑 두께와 체면 사이의 거리를 재면서 잔머리 굴리는 따개비들을 일투족(一投足)으로 짓밟아 농락해버린 듯한 박한우의 쾌거에 나는 은밀하게 박수를 보냈다.

그 박한우를, 나는 내 나이 마흔 중반에 다시 만났다. 반생을, 박한우의 말마따나 '따개비'로 살다가 난생처음 외국으로 공부하러 떠난 해, 내 나이 마흔다섯이었다. 나는 박한우를 염두에 두고, 그가 교수로 재직하고 있던 대학으로 간 것은 아니다. 미국에 도착한 다음에야 그가 그 학교에 재직했다는 사실을 떠올렸던 것뿐이다. '재직했다'라고 쓴 것은, 내가 도착했을 당시 그는 교직을 떠나 있었기 때문이다. 그와 나의 관계가 특별하게 친밀했던 것도 아니다. '2천만 원' 사건만 해도 그랬다. 그것은 내가 그를 인상 깊게 기억하고 있었기 때문에 떠올린 것이 아니라 내가 머물기로 한 학교가 박한우의 모교였기 때문에 떠올린 사건이다.

나는 그가 거기에서 무엇을 하는지 궁금했다. 하지만 내가 그에게 연락을 취한 것은 궁금증 때문이 아니다. 학교와 관련된 정보를 얻기 위해서 그를 찾은 것도 아니다. 고백하거니와, 동기생이 거기에 산다는데 한번 찾아가보지 않을 수 없다는 다분히 ‘따개비’적 근성 때문에, 동기 동창을 별로 좋아하지 않는다는 것을 알면서도 그를 찾아가지 않았나 싶다. 나 같은 인간이 잘 이런다. 상대방의 형편 헤아리는 것보다는 이녘의 심정적 알리바이부터 먼저 챙기는 이런 종류의 인간을 나는 여럿 알고 있다. 따라서 나는 처음부터 그의 친절 같은 것은 기대도 하지 않았다.

“자동차 샀어?”

그가 전화통 저쪽에서 퉁명스럽게 물었다. 샀다고 했다.

“지도 있어?”

역시 친절한 어조는 아니었다. 있다고 했다.

“그럼 찾아와, 정오까지. 체로키 가(街) 108번지.”

오호, 체로키, 체로키라……

내가 그때부터 10여 년간 머문 미국 중북부 소도시는 길 찾기가 참 편한 곳이다. 20만이 조금 넘는 인구만으로 도시 규모를 짐작해서는 안 된다. 도시는 실로 넓다. 넓은 도시인데도 길 찾기 쉬운 데는 까닭이 있다. 가령 동서를 관통하는 ‘중앙로’에서 우회전한 뒤 직진할 경우 만나는 거리 이름은 모두 꽃 이름이다. 국화가(街), 코스모스 가, 데이지 가, 연꽃가…… 이런 식이다. 중앙로를 달리다 좌회전해서 직진할 경우 만나는 거리 이름은 모두 역대 대통령 이름이다. 워싱턴 가, 제퍼슨 가, 링컨 가…… 이런 식이다. 중앙로에서 꽃 이름 거리나 대통령 이름 거리로 회전하지 않고 한참을 더 달리다 우회전하면 아메리칸 인디언 종족 이름이 등장한다. 코만치 가, 모히컨 가, 체로키 가…… 이런 식이다. 한우는 그래서, 교환 교수 아파트를 나와 어디에서 우회전, 어디에서 좌회전, 이런 식으로 길을 가르쳐주는 대신 '체로키 가 108번지'라고만 말한 것이다. 나는 '체로키 가'를 찾으려고 지도를 읽다가, 거리 이름이 그런 식으로 지어진 것을 처음 알았다. 한우는, 자주 만난 것도 아니고, 가깝게 지낸 사이도 아닌 내가 어떤 인간인지 알아보기 위해, 나의 근수를 한번 달아보기 위해 '체로키 가 108번지'라고만 말했던 것일까? 나는 그랬으리라고 생각한다. 나는 그에게 '체로키 가 108번지'로 가려면 어떻게 가야 하느냐고 묻지 않았다.

내가 '체로키 가 108번지'를 찾아간 시점은 미국에 도착한 지 한 주일이 채 안 되던 시점이다. 한 주일도 채 안 되는 기간이지만 학교 안에 있는, 외국인 대학원생들을 위한 아파트는 여러 곳 방문했다. 저녁 먹으러 오라, 점심 먹으러 오라는 한국인 대학원생들이 많았다. 하지만 동일한 단지에 있는 우리나라 아파트가 그렇듯이 모두 내가 세 든 교환 교수 아파트와 같았다. 그러니까 박한우가 살고 있던 그 집은 내가 처음 들어가본 미국의 일반 주택이다. 초원이라고 불러야 어울릴 만큼 드넓은 잔디밭에 백여 미터 거리를 두고 비슷한 집들이 여러 채 서 있었다. 당시는 고급 주택가라고 생각했다. 서울의 서민 아파트 가격과 비슷한 서민용 콘도미니엄이라는 사실을 안 것은 그뒤의 일이다. 밤색 목조 건물 앞 잔디밭에는 높이가 7, 80센티미터나 될까 말까 한 잔디 조명등이 여러 개서 있었다. 그 조명등 사이에 서 있는 비슷한 높이의 간판 하나가 이채로웠다. '호모 비아토르Homo Viator', 씌어진 것은 이것뿐이었다. 전화번호도 없었다. '떠도는 인간'이라면, 박한우가 여행사라도 하나 차렸나 싶었다.

만나면 무슨 얘기부터 할 것이냐…… 꽤 고심하던 참이었다. 고심 끝에 내린 결론이, 박한우에게 맡기자는 것이었다. 기우였다. 서로 말문이 쉽게 열렸다. 둘 사이의 얼음장은 내가 몰고 간 자동차 이름 덕분에 순식간에 와르르 무너졌다.

"아니, 이 친구가 '체로키'를 타고 오지 않았나?"

운전석에서 내리는 나를 보면서 그가 처음으로 보인 반응이 바로 이것이었다. 이 친구, 이 차를 좋아하는구나 싶었다.

"나도 '호모 비아토르'에 속하는 인간인걸."

"너도?"

"……좀 다르게 살아보려고."

미국에 도착한 지 사흘째 되는 날, 내가 산 자동차가 하얀 체로키였다. 배기량 4천 시시나 되는 지프형 왜건이라면 한국에서는 아무나 쉽게 탈 수 있는 자동차가 아니다. 하지만 90년대 초 당시 미국의 가솔린 값은 한국의 4분의 1에 지나지 않았다. 환율도 7백 원대였다. 당시 크라이슬러가 생산하던 체로키는 '지프Jeep'라는 상표를 사용할 수 있는 유일한 자동차였다. '체로키 지프'는 내가 미국으로 떠나기 전부터 서울에서 점찍어둔 차종이었다. 당시 서울에서는 보기가 쉽지 않은 차였다. 지금은 신형 체로키인 '그랜드 체로키'를 서울에서도 쉽지 않게 볼 수 있다.

"나는 서울에서도 4륜 구동 차를 타고 다녔는걸."

"그랬어? 뭐였는데?"

"코란도……."

"그랬어? 반갑네? 코란도에다 체로키라……."

"그게 왜 반가운데?"

내가 묻자, 박한우는 길 건너편에 있는 자기 집 차고를 가리켰다. 하얀 체로키가 꽁무니를 보이고 서 있었다. 연식(年式)도 내 차와 같고 색깔도 내 차와 똑같았다.

"와, 따개비 대장이 이만하면 제법이지 않고!"

따개비 대장…… 재경 동기회장 맡은 적이 있는 나에게 그가 붙인 별명이다. 그렇게 냉소적인 인간이 반갑다고 했다. 그랬다. 나도 반가웠다. 박한우의 얼굴에서 '따개비들'에 대한 싸늘한 웃음기가 어느 정도 걷히는 것 같았다. 사내들은 저와 비슷한 사내를 좋아하고 여성들은 저와 비슷한 여성을 싫어한다고 했던가? 1차 관문을 무사히 통과한 기분이었다.

서울에 살 때, 프랑스에서 공부하고 학위 얻어 모교에서 불문학을 가르치던 교수 한 분으로부터 들은 이야기. 그는 파리에 도착해 비행기에서 내릴 때마다 가슴이 두근거린다고 했다.

왜요?

자동차로 유럽 어디로든 갈 수 있거든. 파리에 도착했다는 것은 바르셀로나에 도착했다는 것과 거의 마찬가지지. 파리의 길은 로마로도 피렌체로도 열려 있으니까. 프랑크푸르트로도 열려 있고 암스테르담으로도 열려 있어. 무엇보다도 내 제2의 고향인 프로방스로도 열려 있어. 조금 더 있으면 해저 터널을 통해 런던으로도 갈 수 있을 거야. 생각해보라고. 철조망 때문에 북쪽으로는 더 이상 갈 수 없는 나라에서 우리는 살고 있다고…… 바다 때문에 남쪽으로도 동쪽으로도 서쪽으로도 자동차 몰고는 갈 수 없는 나라에서 우리는 살고 있다고…… 그래서 파리에 도착해 비행기에서 내릴 때마다 가슴이 두근거리는 거지. 아, 열려 있구나, 여기에서부터는 모든 길이 열려 있구나 싶어서.

얼마나 부러웠던가? 서울을 떠나면서 나도 결심했다. 튼튼한 자동차를 마련하자. 산도 오를 수 있고 강도 건널 수 있는 자동차를 마련하자. 대서양 연안 도시 보스턴을 출발, 태평양 연안 도시 샌디에이고에 이르러보자. 캐나다를 누비자. 밴쿠버에서 몬트리올까지 캐나다를 누비자. 멕시코로 들어가는 것도 가능하다. 브라질을 돌아 칠레까지 내려가자…… 그리하여 나도 그 교수처럼 디트로이트 공항에 내릴 때마다 가슴 두근거리는 경험을 내 것으로 만들자. 그래서 무리한 지출을 감당하면서까지 마련한 자동차가 체로키였다.

"가능하지. 중앙아메리카 몇 나라의 정세만 안정되면…… 반갑다, 정말 반갑다."

나의 오래된 희망 사항을 듣고 있던 그가 현관으로 나를 안내하면서 중얼거렸다.

"그런데 혼자 왔네?"

그는 내가 아내와 아들딸 데리고 갈 줄 알았던 모양인가?

"폐가 될까 봐."

나는 폐가 될까 봐 아내와 아들딸을 안 데리고 혼자 간 것이 아니었다. 마흔 중반이 되도록 혼자 살고 있는 그에게 오순도순 너무 행복하게 살고 있는 우리 가족 모습 보여주기가 미안해서 그랬다. 그런데 그게 오산이었다.

"데리고 다녀야지. 여기에 있는 미국 사람들, 여기에 있는 한국 사람들 어떻게 사는지 보여주어야지. 그래야 하루 빨리 적응할 것 아냐?"

"……."

"점심 장만하고 있던 중이야…… 너나 나나 피차 책 파먹으면서 살아온 처지…… 내가 어떤 책을 읽으면서 사는 인간인지 궁금할 거라. 그러니까 흘끔흘끔, 두리번두리번거리지 말고 내가 시간을 줄 테니까 서재 천천히 둘러보면서 조금만 기다려."

"와, 집 되게 넓다."

"집 크기는, 그 집 식구들의 땔감 공급 능력과 무관하지 않을 거라."

"맞아. 한국의 집들도 넓어지고 있거든."

"미국의 집들이라고 해서 다 넓은 것은 아니야. 보스턴처럼 옛날에 조성된 도시의 집들은 작아. 20세기 말에 들어오면서 사정이 바뀐 거지. 석유 사정 좋겠다, 판유리가 발달해서 채광하기 좋겠다, 그래서 집이 점점 넓어지는 것 같아. 서재로 들어가 천천히 둘러봐."

고마웠다. 그는 나에게 두번째로, 화제로 삼을 만한 것을 찾을 시간을 준 셈이었으니. 그는 부엌 쪽으로 갔고 나는 거실에 면해 있는 그의 서재로 들어갔다.

미국 대학에서 십 수년 가까이 가르친 인류학자니까 책 많은 것은 당연하다 싶었다(그런데 그게 당연한 게 아니라는 것을 나는 나중에 알았다. 미국의 교수들은 집에 책을 잘 쌓아두지 않는다. 도서관이 있고 연구실이 있기 때문이다. 그들은 대체로 강의 및 연구와 가정 생활을 분리시키려는 경향이 있는 것 같다). 놀라운 것은 그의 장서가 인류학 및 인접 학문에 한정되지 않고 문학, 종교, 미술, 역사를 두루 아우르고 있었다는 점이다. 더욱 놀라운 것은 그 넓은 범위를 아우르는 책들의 책등에 찍혀 있는 언어였다. 영어로 씌어진 책의 숫자보다는 불어, 독어, 이탈리아어로 씌어진 책의 숫자가 훨씬 많은 것 같았다. 라틴어, 그리스어로 씌어진 책도 눈에 띄었다. 일본어 책도 수백 권이었다. 심지어는 키릴 문자로 씌어진 책까지 눈에 띄었다. 그러나 나의 놀라움은 그가 읽는 책의 엄청나게 넓은 범위, 그가 읽을 수 있는 믿어지지 않게 많은 언어 때문이 아니었다. 나는 그의 집 거실과 서재를 둘러보면서 그가 어떤 인간인지 조금씩 헤아려 나가기로 했다.

"마흔 중반에 솔가(率家)해서 떠나오는 거, 그거 쉬운 일이 아니었을 텐데? 박사반 아이들 사이로 떠도는 얘기 내가 종합해보고 내린 결론인데…… 너, 한두 해 머물자고 온 것이 아닌 것 같던데?"

점심 상머리에서 이렇게 말하는 그는, 서울에서 우리를 싸잡아 따개비로 매도하던 그가 아니었다. 마치 이등병을 타이르는 중대장 같았다. 나는 동갑내기 고등학교 동기 동창생 앞에서 이등병이 되기로 했다. 20대 후반에 한국을 떠난 그의 말투에 '자네'는 편입되어 있지 않았다. 40대 중반이 되면, 아무리 동기 동창이라도 오래간만에 만나면 '너'라는 말이 잘 안 나오는 법인데 그의 말투는 바로 그 20대에서 굳어버린 것 같았다. 나는 말을 아끼기로 했다. 이로써 박한우를 지껄이게 하기로 했다.

"……쉽지 않았지."

"자기 집 지어봐야 비로소 어른 된다는 말이 있는데, 아닌 것 같아. 솔가해서 외국에 정착해봐야 비로소 어른이 되는 것 같아. 하지만 내 말은 그게 아니고, 기득권 버리고 떠나오기의 어려움, 뭐 그런 뜻이야."

"기득권이라고 할 게 뭐 있었어야지."

"한국인이 한국에 산다는 것이 벌써 기득권이지. 여기에서는 바닥부터 기어야 하지 않나? 하여튼 용기인지 만용인지 두고 봐야 알겠지만 지금으로서는 대단하다고 할 수밖에."

"……막막함 때문이었을 거라."

"막막함이라면?"

"어둠이라고 할까, 벽이라고 할까?"

"가령?"

"내가 지금 되풀이해서 하고 있는 이 일말고 나는 무엇을 더 할 수 있는가? 물어보니 막막하더군."

"그래서? 학위 따서 금의환향, 대학으로 가려고? 내가 3년 전에 때려엎은 일을 지금부터 시작하려고?"

"……금의환향한들 어느 미친 대학이 늙은이를 받아줘? 아들딸 걱정도 했지. 저 시스템에 밀어넣어야 하는가? 저 컨베이어 벨트 위에 올려놓아야 하는가……."

"그건 말이 된다. 막막했다고 했다. 벽 같았다고 했다. 어둠이라고도 했다. 맞아, 어둠일 거라. 어둠과 싸우는 법, 알아? 어둠과의 싸움에서 거의 이겨내는 법, 알아?"

"……."

"너는 나에게 왜 결혼하지 않느냐고 묻지 않는군?"

설거지하려고 앞치마를 두르면서 그가 한 말이다. 90년대 초 많은 한국인들이 그 학교로 몰려들었으니, 그는 무수한 한국인들로부터 그 질문을 무수하게 받아보았을 터였다.

"나는 그런 거 안 물어."

"어째서?"

"나는 첫돌 지낸 직후에 아버지를 잃었어. 그래서 자라나면서, 아버지 없이 사느라 얼마나 고생이 심하냐, 이런 말을 많이 들었지."

"그러니까, 아버지 밑에서 살아본 경험이 없으니까, 아버지는 편리하다, 이런 체험이 없다, 따라서 편리의 체험을 알지 못하니까 불편의 체험 또한 알지 못한다, 이건가?"

"잘 아는구나."

"네 말이 정답이다. 많은 한국인들이 나에게 마누라가 없어서 얼마나 불편하냐, 이런다. 밥도 내 손으로 지어야 하고 빨래도 내 손으로 해야 하고 설거지도 내 손으로 해야 하니 얼마나 불편하냐고 그런다. 그런데 나는 불편을 몰라. 왜? 편리의 체험이 없거든. 불편의 체험은 편리의 체험을 전제로 하니까. 네 말이 정답이다. 내가 너를 일단 대단하게 여기는 것은 그 편리의 체험을 둘러엎고 불편의 체험만 기다리는 남의 나라 사회로 뛰어들었다는 점이다. 편리의 체험, 이 달콤한 기득권을 포기하기란 쉬운 일이 아니거든. 그런데 그 이유가 뭐야? 무엇이 이 달콤한 기득권을 둘러엎게 했을까?"

"……불길한 예감이라고 하면 너무 거창한가?"

"시대에 대한?"

"앞으로 올 시대가 따개비들을 몹시 불편하게 할 것 같아."

"너 컴퓨터 하나?"

"4년 전부터."

"컴퓨터의 진화 속도를 의식하나?"

"바로 그것 때문에 생긴 게 불길한 예감……."

"내가 한번 짚어볼까? 네 직업은 '포터블 잡'이지? 어디서든 너는 네 일을 할 수 있지? 어떻게? 컴퓨터가 있고 팩스머신이 있으니까. 컴퓨터는 공간 개념을 거의 지워버릴 거니까. 공간 개념이 사라지면 어떻게 될까? 국가 개념이 희박해질 거라. 한국에 외국인 노동자들 있어?"

"아직은."

"올 봄에 도쿄에 가서 보았는데, 우에노 공원에 외국인 노동자들이 득실거리더라."

"왜 공원에?"

"숙박비가 비싸니까, 공원에서 노숙하는 거지. 왜 동남아시아 노동자들이 일본 시장으로 몰려들었을까?"

"일본인들의 임금이 상대적으로 높으니까."

"그러니까 이렇게 말할 수 있지 않을까? 물이 낮은 곳으로 흐르듯 경제는 이익이 있는 쪽으로 쏠린다…… 한국에도 머지않아 상대적으로 임금이 싼 외국인 노동자들이 몰려들지도 모른다."

"그렇겠지. 중국 연변에 사는 동포들이 들어오기 시작했다니까."

"한국인들의 임금이 오르면 그 자리에는 임금이 상대적으로 싼 외국인이 들어오게 되어 있어. 물이 낮은 곳으로 흐르듯이. 그런데 생산 단가가 자꾸만 높아지면 어떻게 될까?"

"기업이 외국으로 공장을 옮기려고 할 테지."

"'하이네켄'이라는 맥주가 있다. 세계 어디에서나 사 마실 수 있는 맥주다. 이 맥주 360밀리리터짜리 한 병을 마시려면 미국의 음식점에서는 4달러 50센트를 지불해야 한다. 한국의 호텔에서는 6

천 원을 받더라. 지금 환율로 8달러 정도 하는 셈이다. 일본의 고급 호텔에서는 15달러를 받는다. 그리스의 지방 도시로 가면 음식점 가격도 1달러. 믿어지나?"

"……."

"나는 여행을 좋아한다. 그래서 이제는 직업이 되다시피 했다. 나는 다른 나라에 가면 여기에서 쓰는 생활비의 절반으로도 충분히 살아낸다. 안 믿어지지?"

"……."

"떠돌이들의 세상이 올 거야. 임금이 상대적으로 높고 물가가 상대적으로 낮은 곳을 찾아 떠도는 떠돌이들의 세상이 올 거야. 떠돌지 않고는 살아남기 어려운 세월이 올 거라. 나는 경제학을 말하고 있는 것이 아니야. 물은 낮은 곳을 흐른다…… 이것은 만고의 진리다. 호로룸 바쿰…… 세계는 진공 상태를 용납하지 않는다. 이 또한 만고의 진리다. 그래서 세계는 움직인다. 살아 있는 생물처럼 움직인다. 따라서 내가 내린 결론은 이것이다. 잘 떠도는 사람만 잘 살 수 있다! 떠돌 수 있기 위해서는 먼저 점점 가벼워져야 할 거라. 그래서 너는 아파트 팔아 그 돈 싸들고 밖으로 나온 것일 거라. 떠돌기 위해서는 떠도는 데 꼭 필요한 무기를 자유자재로 구사할 수 있어야 할 거라. 그것이 무엇인가? 세계에서 가장 많이 쓰이는 언어가 무엇인지 알아?"

"중국어일 테지."

"그러면 가장 널리 쓰는 언어는?"

"……."

"네가 만일 네 지적 허영을 채우기 위해, 혹은 지금 네가 하는 일이 아닌 또 하나의 일을 위해 학위를 따러 왔다면 나는 너를 환영하지 않는다. 나는 확신하거니와, 너는 또 하나의 따개비가 될 준비를 하러 온 셈이다. 나는 그런 너를 환영할 수는 없다. 네가 만일 10년 뒤에 올 세상, 따개비들은 매우 불편해질 세상을 예감하고 왔다면, 아들딸에게 그런 세상을 마중하게 하고 싶어서 한국을 떠나왔다면, 나는 그런 세상이 올 것으로 굳게 믿는 사람인 만큼 너를 진심으로 환영한다. 그러냐?"

"정확하게."

집 앞 주차장에서 한 악수는 '죽은 악수'였다. 그날 주방 한 귀퉁이에 놓인 식탁 앞에서 그가 청한 악수가 '산 악수'였다. 나는 여러 차례 나를 놀라게 한 그의 제자가 되기로 했다. 그의 말은 서재에서도 이어졌다. 그는 달변가였다. 나는 그 달변가로부터 몇 수 더 배울 생각으로 말을 아꼈다. 자동차 운전 때문에 나는 술을 마실 수가 없었다. 내게는, 술을 마시고 있을 때는 눌변가 행세를 계속할 수 없는 속성이 있다. 그런데 술이 나왔다. 전화를 몇 군데 걸더니 그는 대리 운전자를 구해놓았다고 말했다.

"내가 직업상 여행을 많이 해보아서 하는 말인데……."

"나는 자네의 직업이 뭔지 아직도 몰라."

"내 직업? 한국에서 나와 학생 신분으로 이 도시에서 6년을 살았다. 나는 운이 좋아서 내게 학위를 준 이 학교에 남을 수 있었다.

십 수년 동안 나는 이 집과 학교와 연구실 사이를 오가면서 살았다. 내가 늬들을 따개비라고 놀려먹고 와서 가만히 생각해보니 나 또한 천생 따개비라. 넥타이 졸라매고 학회 참석하러 가는 여행, 나는 여행으로 치지 않아. 나는 프랑스와 독일에서 보낸 안식년 두 차례를 제외하면 제대로 가서 떠돌아본 데가 없어. 바로 내가 따개비였더란 말이야. 여행을 시작했지. 여기 여름 방학이 좀 길어? 그런데 말이지, 여행하면서 아주 재미있는 걸 발견했어. 지금 이 세계에 한국인이 들어가 있지 않은 나라는 거의 없어. 한국에 이름이 거의 알려지지 않은 나라에도 한국인들이 들어가 있어. 미국이나 캐나다, 타이완이나 일본, 프랑스나 독일, 이런 나라에 사는 한국인들을 제외하고…… 상대적으로 이름이 덜 알려져 있는 나라에 사는 한국인들의 특징이 뭔지 알아?"

"글쎄……."

"군인의 아들딸, 교장의 아들딸, 해외 주재원들의 아들딸이 아주 많았다는 거야."

"재밌네?"

"이들의 특징이 뭐야?"

"모두 떠돌면서 사네?"

"우리 아버지, 군인이셨어. 경리 장교. 아버지 따라 얼마나 떠돌았는지 몰라. 국민학교를 네 번 옮겼어. 중학교는 두 번 옮겨다녔어. 내가 입학한 데서 졸업한 건 고등학교뿐이야. 고등학교 시절, 대구에서 근무하던 아버지가 과로로 돌아가셨거든."

"나도 기억난다. 어슴푸레."

그랬더란다. 국민학교 시절, 겨우 친구 사귀어 정다운 소꿉장난 판을 벌이고 재미지게 놀 만하면 아버지가 그 판을 흩어버리더란다. 처음은 아무것도, 정말 아무것도 모르고 당했더란다. 두번째 당하고부터는 어떤 아이에게도 정을 붙이지 않게 되더란다. 홀로 어떻게든 홀로 버티게 되더란다. 중학생 시절에는 홀로 버티는 대신 주위의 아이들을 적대하면서 새 학교에 적응하게 되더란다. 고 등학교 2학년 때, 아버지를 잃고 보니, 저 자신이 어느새 떠도는 데 길들어 있더란다. 그래서 그랬던지 대학 들어가서도 학부도 두 번, 대학원도 두 번이나 옮겨다니게 되더란다. 그러다 보니 사람이 자꾸 말안장을 닮아가는 것 같더란다.

'안장 이론'이라는 것도 그날 그 친구한테 배웠다. 그의 주장에 따르면 등자와 말 목걸이를 처음 고안한 사람들은 아시아의 유목 민들이다. 그는 등자가 11세기 유럽에서 고안되었다는 서양 학자 들의 주장을 믿지 않는다. 말을 탄 채 몸을 틀어 뒤따라오는 적을 향해 활을 쏘는 사법(射法)을 '파르티안 샤프트Partian shaft', 즉 '파르티아식 활쏘기'라고 부르는데 파르티아인들이 중앙아시아 유 목민들과 활발하게 교류하던 시기는 기원전 3세기다. 그의 주장에 따르면, 완벽한 안장과 등자 없이 파르티아식 활쏘기는 불가능하 다. 파르티아식 활쏘기는, 중국의 1세기 화상전, 즉 벽돌 그림에도 등장하고 고구려 벽화에도 등장한다. 조(趙)나라 무령왕(武靈王)

이 '호복기사(胡服騎射)', 즉 '말 타고 싸우기 좋은 오랑캐의 옷 입기와 말 달리며 활쏘기'를 장려한 것은 기원전 3세기의 일이다. 오랑캐 옷은 바로 기동성을 으뜸으로 치는 유라시아 유목민의 옷, 말 달리며 활쏘기는 바로 파르티아식 활쏘기다. 13세기 몽골 제국의 성립을 가능하게 한 것은 바로 기동성이었다고 그는 주장한다. 몽골인들의 기동성은 5백 킬로그램이나 되는 쇠고기를 30킬로그램으로 말려내는 육포(肉脯) 제조 기술, 이동하면서도 마유주를 발효시키는 기술, 그리고 탁월한 기마술에서 나온다. 탁월한 기마술을 가능하게 하는 것은 바로 안장이다. 그러나 그가 정작 주목하는 것은 뛰어난 기동성이나 탁월한 기마술이 아니다. 안장 그 자체다. 안장이 지니는, 말과 타는 사람에 대한 완벽한 적응성이다. 안장은 좌우 등자 어느 쪽으로도 쏠려서는 안 된다. 안장 머리와 안장 꼬리 어느 쪽으로도 쏠려서는 안 된다. 그는 자신을 '안장 같은 인간' '안장 좋은 말을 타고 언제 어디로든 달려갈 수 있는 인간'으로 정의하고 싶어하는 것 같았다.

"그런데 자네, 이곳에서는 오래 사네? 이제 그 떠돌이 귀신이 떠난 모양인가? 대학을 떠난 뒤에도 3년 동안이나 살고 있다니?"

"궁금하지?"

"이유가 있을 테지."

"내가 달러를 가장 많이 갖다 바친 저 학교, 내가 달러를 가장 많이 받아낸 저 학교……."

그는 학교 쪽을 가리키면서 말을 이었다.

"……저 학교가 이제는 나의 축사(畜舍)야."

"축사라니……."

"지금 내가 치고 있는 소떼, 말떼, 양떼는 모두 저기 저 축사에 오구구 모여 있거든."

"자네는 학교를 그만두지 않았나?"

"물론 그만두었지."

"학교 그만둔 사람이?"

"너, '돌므상 남작' 이야기 알아?"

"모르는데."

"……프랑스 작가의 단편소설에 나오는 가짜 메시아, 사기꾼 여행 안내자…… 그런데 그 돌므상 남작이 내게는 진짜 메시아가 되었어. 가짜 메시아 돌므상 남작은 어설픈 미국 여행자들을 양떼처럼 몰고 다녔지만 나는 진짜 메시아 돌므상이 되어 내 양떼를 세계 어느 곳에 있는 초원으로든 몰고 갈 수 있어. 아버지는 내게 떠도는 법을 가르쳤고, 돌므상 남작은 나에게 어떻게 떠돌아야 하는지를 가르쳐준 셈이지."

돌므상 남작 이야기, 나는 모른다고 했지만 사실은 알고 있었다. 아폴리네르의 단편소설이라는 것도 알고 있었다. 하지만 내가 침묵하지 않았더라면 그가 그렇게 많은 이야기를 쏟아내지는 않았을 것이다. 왜 침묵하고 있느냐는 질문에 헤라클레이토스는 대답하지 않았던가. 그대를 지껄이게 하기 위해서라고…….

어린 시절에 읽은 '돌므상 남작' 이야기를 나는 한동안 잊고 있었다. 컴퓨터를 통해 학교 도서관으로 들어가 검색하면 영어 번역본을 찾을 수도 있었을 터였다. 하지만 나는 박한우의 삶을 관찰하고 그가 쏟아내는 무수한 말들을 경청하는 데 몰두한 나머지 그 생각을 미처 하지 못했다. 귀국한 직후에야 나는 어린 시절에 읽은 아폴리네르 번역본을 찾아보았지만 쉬 찾을 수 없었다. 다행히도 주위에 프랑스 문학, 그중에서도 아폴리네르를 집중적으로 연구하는 학자가 있었다. 그에게 전화를 걸었다. 내용을 들려주면서, 어떻게 좀 읽어볼 수 없을까요 하고 애원했다. 그 학자가 말했다.

"돌므상 이야기네요. 가만있자…… 가만있자…… 내가 한 30년 전에 번역한 것 같아요. 그 원고, 출판하지 못했는데, 한 시간 뒤에 다시 전화해줄래요? 번역 원고 더미를 뒤져봐야겠어요."

한 시간 뒤에 전화를 걸었다. 그 학자는 나에게, 팩스 있어요 하고 물었다. 없다고 했다. 디지털 시대에 웬 아날로그 타령인가 싶었지만 내색은 하지 않았다. 그는 친절하게도 원고를 스캔하고 그걸 파일로 만들어 전자 우편으로 보내주었다. 전자 우편으로 들어온 파일을 인쇄했다. 30년 전에 그가 번역한 육필 원고가 고스란히 내 책상 머리에서 부활했다. 그가 보내준 파일에서 나온 스물한 장의 원고를 입력, 새로운 파일을 만들고 그 파일을 그에게 보내주었다. 그의 양해를 얻어 여기 싣는다.

가짜 메시아 앙피옹 또는 돌므상 남작의 이력과 모험

1. 안내자

나의 중학 시절 친구인 돌므상을 못 본 지 15년이나 되었다. 한때 막대한 재산을 모았다가 모두 탕진하고 파리에서 외국인들을 상대로 안내자 노릇을 하고 있다는 것이 내가 그에 대해 알고 있는 전부였다.

나는 어느 날 시가지의 가장 큰 호텔 앞에서 그를 다시 만났다. 그는 궐련을 질겅질겅 씹으며 끈기 있게 손님들을 기다리고 있었다.

그는 먼저 나를 알아보고 내 발걸음을 멈추게 했다. 내가 얼굴을 알아보지 못하자 그는 호주머니를 뒤져 명함을 한 장 찾아 내밀었다. 이냐스 돌므상 남작. 나는 그의 팔을 붙들었다. 최근의 일일 것임에 분명한 그의 귀족 서임에 대해 별 놀라움도 없이 나는 그에게 사업이 잘 진행되어 나가느냐고, 외국인들이 쏟아져 들어오느냐고 물었다.

—아니, 나를 무슨 단순한 안내자로 취급하시는구먼. 내가 단순한 안내자인 줄 아시는가?

그는 화를 내면서 소리쳤다.

—나는 그렇게 생각했는데…… 그렇게 들은 것 같아서.

나는 우물쭈물했다.

—이럴 수가! 모두들 농담으로 그런 것이네. 내가 보기에 자네

는 저명한 화가를 만나 건축은 잘되어가느냐고 묻는 사람 같군. 이
것 보게, 친구, 나는 예술가야. 보다 중요한 것은, 그 예술을 내 손
으로 창안했다는 점이지. 따라서 나는 현재 그 예술에 종사하고 있
는 유일한 사람이라네.

　—새로운 예술이라고? 놀랄 일인데?

　—웃지 말게. 나는 지금 아주 진지하게 말하고 있는 것이니까.

　그는 준엄한 어조로 말했다. 내가 용서를 빌자, 그는 다시 겸손하
게 말했다.

　—나는 모든 장르의 예술을 섭렵하고 탁월한 솜씨를 발휘했지.
그러나 모든 예술적 도정(道程)들이 한꺼번에 뒤엉켜버린 상태가
되었어. 나는 화가라는 이름으로 불리는 것에 절망하고 내가 그린
화폭들을 모두 불태웠으며 시인으로서의 영예를 거부하고 1만 5천
행가량 되는 시들을 전부 찢어버렸네. 이로써 미학(美學) 속에 내
자유를 세우고, 아리스토텔레스의 소요학파 철학(逍遙學派哲學)에
근거하여 하나의 새로운 예술을 창안했다네. 그리고 이 예술을 '앙
피오니'라고 명명했네. 도시를 구성하고 있는 석축(石築)과 다양한
소재들에 대해 앙피옹이 가졌던 특이한 능력을 기념한 것이지. 그
리고 앙피오니를 하는 사람들을 '앙피옹'이라고 부르게 될 것이네.

　새로운 예술에는 새로운 뮤즈가 필요한 법인데, 어찌 보면 내가
그 예술의 창안자로 결국 스스로 그 뮤즈가 되는 셈이어서, 나는 어
렵게 생각할 것 없이 '돌므상 여남작'이라는 이름으로 나 자신의 여
성 인격을 뮤즈 아홉 여신에 가입시켰지. 덧붙여둘 것은 내가 아직

독신인 만큼 뮤즈의 숫자가 열이라고 해도 별로 거리낄 것이 없으며, 모든 것이 십진법과 관련되어 있는 내 고장의 풍속과도 그것이 일치한다는 사실이라네.

지금까지의 이야기로 앙피오니의 역사적 연원과 신화적 배경이 분명히 밝혀졌다고 생각되니, 이번에는 이 예술 자체에 대해 설명할 차례군.

이 예술의 도구와 소재는 곧 하나의 도시인데, 음악이니 시니 하는 것들처럼 예술의 주재자인 앙피옹과 애호가들의 영혼에 아름답고 숭고한 감정을 일으킬 수 있는 그런 방법을 적용하여 그 도시의 한 부분을 답사하도록 되어 있지.

앙피옹에 의해 구성된 단편(斷片)들을 보존하고 또한 새로운 단편들을 제작할 수 있도록 도시의 지도 위에 추적해가야 할 도정을 아주 정확하게 보여주는 한 줄의 선으로 그것들을 기입해두지. 이 단편들, 앙피옹적인 이 시들과 교향악들을 앙티오페라고 부르는데, 앙피옹의 어머니인 안티오프에서 유래한 것이지.

내 경우는, 파리에서 앙피오니를 시행하고 있는 셈이지.

바로 오늘 아침에 구성한 앙피오니가 하나 있네. '프로 파트리아'라는 제목을 붙였지. 이 작품은 그 제목이 말해주는 것처럼 정열, 즉 애국적 감정을 불러일으키도록 되어 있네.

우선 병사(兵舍)와 잔 다르크의 동상이 서 있는 생오귀스탱 광장에서 출발을 하네. 이어서 생 라자르 로(路), 새토덩 로를 따라 라피트 로에 이르러 매종로트실드실드에 경의를 표하지. 다시 대로(大

路)로 들어서 마들렌까지 오네. 의회 앞에 이르면 일대 감동의 물결이 일어나지. 해군 본부를 지나며 드높은 국방 이념을 느끼고 이윽고 샹젤리제를 오르게 되네. 육중한 개선문을 대할 때 감정은 최고조에 이르지. 앵발리드 기념관의 돔을 바라보는 두 눈은 눈물에 젖고 만다네. 이 열정을 보다 잘 간직하기 위해 서둘러 마리니 가로 접어들면 열정은 엘리제 궁 앞에서 최고조에 달하네. 솔직히 말해서 오늘의 이 앙티오페가 왕의 궁전 앞에서 끝날 수 있다면 더욱 서정적이고 더욱 장엄할 것이네. 하지만 어떻게 해? 사물과 도시를 있는 그대로 받아들여야만 하니까.

─그렇다면, 나는 날마다 앙피오니를 하는 셈이군. 산책만 하면 되는 것이니까.

나는 웃으며 말했다.

─이것 봐, 주르댕. 자네는 앙피오니를 이해하지 못한 채 실천에 옮긴 거야.

돌므상 남작이 소리를 질렀다.

*

그때 한 무리의 외국인들이 호텔에서 나왔다. 남작은 뛰어가더니 그들의 말로 이야기를 나누었다. 그리고는 나를 불렀다.

─보았지. 나는 여러 개의 외국어를 알고 있네. 우리와 함께 가지 않겠나? 나는 이 여행자들에게 축소판 앙피오니 하나를 시행하

기로 했네. 앙피오니의 소네트와도 같은 것이지. 나에게 짭짤한 수입을 안겨주는 단편의 하나라네. 제목은 '류테스'. 시적이라고는 할 수 없지만 앙피옹적인 몇 가지 파격을 이용해 파리 전체를 겨우 반 시간 만에 보여줄 수 있다네.

우리들, 여행자들과 남작과 나는 마들렌-바스티유 간 합승 마차의 지붕 위 좌석으로 올라갔다. 파리 오페라 극장 앞을 지나며 남작이 높은 목소리로 그걸 알렸다. 그리고는 할인 은행 지점을 가리키며 덧붙였다.

—룩셈부르크 궁전, 상원 의사당.

나폴리탱 앞에서도 그는 과장해서 말했다.

—프랑스 아카데미.

리옹 은행 앞에서는 엘리제 궁이라고 했다. 우리가 바스티유에 도착할 때까지 그는 계속 이런 식으로, 우리의 중요 박물관부터 노트르담, 팡테옹, 마들렌, 대형 백화점들, 장관 청사들, 유명한 고인과 생존자들의 주거지까지 결국 한 사람의 외국인이 파리에서 보아야 할 모든 것을 다 주워섬겼다. 우리는 합승 마차에서 내렸다. 여행자들은 돌므상 남작에게 많은 돈을 지불했다. 나는 그에게 놀랐다는 이야기를 했다. 그는 겸손하게 고마움을 표시했으며 우리는 헤어졌다.

*

얼마 후 나는 프레슨 감옥의 소인이 찍힌 편지 한 장을 받았다. 돌므상 남작의 서명이 있었다. 이 예술가의 편지 내용은 이렇다.

—존경하는 친구여, 나는 '금양모피(金羊毛皮)'라는 제목의 앙티오페 하나를 구성하고 어느 수요일 밤 그것을 시행했네. 내가 살고 있는 그르넬에서 작은 유람선을 타고 출발했지. 자네가 잘 알다시피, 아르고의 전설이 불러일으킨 영감 때문이었네. 자정 무렵 나는 평화의 거리에서 보석상의 유리창 몇 개를 부쉈네. 나는 지극히 야만적인 방법으로 체포되었으며 몇 가지 금붙이를 훔쳤다는 구실로 투옥되고 말았네. 금붙이야말로 바로 금양모피의 재료가 되는 것으로 내 앙티오페의 목표가 아니었겠나? 검사라는 사람이 앙피오니를 전혀 이해하지 못하고 있는 실정이니, 자네가 와주지 않는다면 나는 처벌을 받을 것 같네. 내가 위대한 예술가라는 걸 자네는 알고 있네. 와서 그것을 상기시켜주게나. 나를 구해주게나.

돌므상 남작을 위해 내가 할 수 있는 일이라곤 전혀 없었고, 또 재판소와 관계하기가 싫어, 나는 그에게 답장조차 보내지 않았다.

박한우가 자주 미국 땅을 떠나 세계를 헤매고 다니는 바람에 나는 그를 자주 만날 수 없었다. 그래도 90년대 초반에는 1년에 한두 번은 만났던 것 같다. 새 천년을 한 해 앞둔 2000년에 나는 미국을 떠나 한국으로 돌아왔다. 하지만 나는 그로부터 들은 말을 잊을 수 없다.

'호복기사(胡服騎射)', 즉 '말 타고 싸우기 좋은 오랑캐 옷 입기와 말 달리며 활쏘기'…… 나는 이로써 새로운 인생을 계획하고 있다. 인류학을 공부한 덕분일 거라. 유럽이나 미국의 중요한 인류학 책은 세계 수십 개국에서 번역된다. 루스 베네딕트가 일본을 연구한 뒤에 쓴 『국화와 칼』 같은 책은 거의 대부분의 유럽 언어가 번역했다. 나는 이런 책을 영어로 여러 번 읽는다. 나는 머리가 좋은 사람이 못 된다. 하지만 같은 책을 수십 번 읽다 보면 내용은 물론이고 논리의 전개 방식까지 그대로 흉내낼 수 있게 된다. 이런 책의 불어 번역본을 읽는 것이 가능할까? 불어에 대한 지식이 전혀 없으면 불가능하겠지만, 나는 이게 어느 정도 가능하다. 나는 특정한 책의 불어 번역본을 여러 차례 읽는다. 그러면 나는 불어와 매우 가까워진다. 이번에는 독일어 번역본을 읽는다. 여러 차례 읽으면 독일어와 매우 가까워진다. 이번에는 이탈리아어 번역본을 여러 차례 읽는다. 나는 레비스트로스를 독일어로 읽을 수 있다. 나는 루스 베네딕트를 불어로 읽을 수 있다. 움베르토 에코를 일본어로 읽는 것도 내게는 어느 정도 가능하다. 나는 사람이 잡되어서 이런저런 분야의 책 읽기도 좋아한다. 나는 미술사나 음악사 읽기도 좋아한다. 나는 건축에 일가견이 있는 것은 아니지만 꽤 이름 있는 유럽의 건축물에 대해서라면, 책을 여러 권 읽은 덕분에 조금 알고 있다.

나는 건강하다. 잘 먹기 때문에 건강하다. 교육이 나에게 베푼 은혜 중 가장 큰 것은 그것이 여행을 가능하게 했다는 점이다. 내 말이 아니다. 그리스 작가 니코스 카잔차키스의 말이다. 나 같으면, 교육이 사람들에게 끼칠 수 있는 가장 큰 해악은 그것이 여행을 어렵게 한다는 점이다. 아니, 이렇게 고쳐 말하겠다. 나는 청소년 시절부터 '떠돌기'를 예감했다. 떠돌자면 우선 남의 말을 알아야 한다. '에스페란토'를 배워두면 썩 편리하다는 주장에 나는 동의하지 않았다. 에스페란토에는 힘이 없다. 힘이 있는 언어, 그것이 영어다. 나는 그래서 영어를 집중적으로 공부했다. 나는 어떤 나라를 여행하기를 전후해 그 나라 말을 간단하게 공부한다. 백 단어 정도만 외워도 큰 도움이 된다. 정 안 되면 영어로 한다. 영어 안 통하는 수도권의 호텔은 이제 거의 없다. 남의 나라 말 다음으로 중요한 것은 건강이다. 건강하자면 남의 나라 먹을거리도 잘 먹을 수 있어야 한다. 20년 전 월남에서는 그들의 전통 음식인 '늑맘'을 시식하고는 하루 종일 토하기도 했다. '늑맘', 소금기 없이 담은 자라젓쯤 된다. 말이 젓이지 사실은 자라 썩힌 것, 더 지독하게 말하면 자라 송장 추깃물이다.

나는 음식에 까다로운 것으로 악명 높은 사람이었다. 하지만 한국에서만 그랬다. 김포 공항을 벗어나자 세계는 나의 음식 천국이었다.

중국에만 가면 나는 신이 난다. '향채' 냄새 같은 것을 나는 전혀 맡지 못한다. 중국의 화주는 내가 소주보다 좋아하는 술이다. 양고기에서 노린내가 난다고? 터키의 양고기 구이인 시쉬 케밥에서 나는 노린내를 전혀 맡지 못한다. 전통주 라크는 양고기와 가장 잘 어울리는 술이라는 게 나의 생각이다. 터키는 음식을 정말 잘하는 나라다. 중국과 프랑스 요리를 지나치게 칭찬하면 터키인들은 마구 섭섭해한다. 케밥과 라크가 그리스에서는 각각 '수블라키'와 '우조'로 불린다. 두 나라 교섭사가 길고도 깊어 음식이 비슷하다. 그리스 역시 한 음식 하는 나라다. 어느 정도냐 하면 아테네에는 저녁 11시에 문을 여는 고급 음식점이 즐비하다. 처음으로 이집트를 여행할 때 조금 불안했다. 기우였다. 그들의 음식도 터키와 그리스 음식과 크게 다르지 않았다. 이집트 남부 소도시 아스완에서 내가 먹은 송아지 고기 요리는 지금까지 먹어본 요리 베스트 10에 끼워줄 만했다.

길게 여행할 때면 햄버거도 먹어준다. 미국의 스테이크와 파스타는, 시켜도 실패할 확률이 매우 낮다. 달착지근한 게 흠이라면 흠이지만. 일본의 라면이나 돔부리도 나는 잘 먹는다. 나는 음식을 조금 짜게 먹는 사람인데도 불구하고 영국이나 독일 음식은 늘 짜게 느껴진다. 이탈리아 사람들은 스파게티를 덜 익혀 먹는다. 씹는 맛을 즐기려고 그런단다. 나는 이탈리아에 가면 국숫발이 입술 힘에 끊길 정도로 물렁물렁하게 삶아달라고 특별히 주문한다.

이제는 단출하게 짐을 꾸려 풀 좋은 초원을 찾아다니는 그런 유목의 시대가 오고 있는 것 같다. 통역 데리고, 김치 항아리 짊어지고 다니는 시대는 더 이상 아닌 것 같다. 그래서 내가 내린 결론은 이것이다. 짐을 줄이자. 나는 너무 무거워졌다.

자, 이제 나의 양떼, 말떼, 소떼에 대해서 말해야겠다. 나의 초원에 대해서 말해야겠다. 미국 중류층 사람들의 소원 중 하나. 여행이다. 하지만 넓은 집을 가지고 있고 좋은 자동차 가진 사람들이 미국의 중류층이다. 이들은 여행을 좋아하지만 꾸러미 여행의 불편을 참아내는 데는 굉장히 취약하다. 연령이 비교적 많은 미국 중류층의 꿈은 운전 기사와 통역이 딸려 있는 외국 여행이다. 하지만 이게 쉽나? 90년대 중반부터 여름 방학이 되면 교수들을 몰고 유럽으로 떠나고는 했다. 복잡한 수속 및 교통편 예약? 내 비서가 한다. 내 비서가 하는 것은 그것뿐이다. 현지에서의 운전? 내가 한다. 현지에서의 통역? 내가 한다. 여행지에서의 설명? 내가 한다. 내가 배운 인류학에다 건축사, 미술사, 음악사 지식을 조금만 보태면 된다. 여행지 디자인? 내가 한다. 미국인들이 좋아하는 여행지인 그리스, 터키, 이탈리아, 이집트의 고대 유적지에서는 나 혼자서 안내하고 해설할 수 없다. 나라마다 조금씩의 차이는 있지만 단체 여행객들에게는 전문적인 교육을 받은 자국 '가이드(안내자)' 고용을 의무화하고 있기 때문이다. 하지만 나는 그들의 안내나 설명을 거의 신용하지 않는다. 다른 나라 사람들도 그들을 신용하지 않는다. 그래서 그들은 단체 여행객들을 따라붙을 뿐 스스로 적극적으로 안내하거나 해설하는 대신 돌더미같이 앉아 시간을 채울

뿐이다. 그래서 나는 그들을 '시팅 가이드Sitting guide'라고 부른
다. 네가 살고 있는 교환 교수 아파트에 몇 나라 학자들이 살고 있
는지 알아? 107개국 학자들이 살고 있다. 한 해를 머물고 가는 사
람들도 있고 아예 학교에 눌러앉는 사람들도 있다. 107개국에서
다녀간 수천 명의 명단을 내 비서는 가지고 있다. 내가 뜨면 107개
국의 학자 수천 명이 뜬다. 나는 3년 동안의 여름 방학 134일을 꼬
박 여행으로만 보냈다. 물론 처음에는 취미로 한 여행이었다. 순전
히 나의 취미 생활이었다. 그런데 3년 전부터 내 여행에 동참하고
싶어하는 사람들이 폭발적으로 늘어나기 시작했다. 첫해의 경쟁률
만 해도 무려 10대 1이었다. 지금은 1백 대 1이 넘는다. 내가 그리
스나 이집트로 떠나면 나와 합류하려는 인류학자들이 멕시코에서
도 날아오고 칠레에서도 날아온다. 내가 남아메리카로 떠나면 나
와 합류하려는 학자들이 그리스에서도 날아오고 그루지아에서도
날아온다. 인류학 교과서에 코를 박고 있던 시절, 나는 경제적으로
여유로웠다. 하지만 강단을 떠난 지금은 경제적으로도 정신적으로
도 자유롭다. 나도 돌므상처럼 사람의 감정까지도 조절할 수 있는
여행 디자이너가 되고 싶다. 될 것이다. 내가 원하고 내가 즐기는
만큼 그런 날이 반드시 올 것이다.

　나에게는, 박한우를 만나고부터 그로부터 한 수 배워, 꽤 합리적
이라고 여기게 된 버릇이 몇 가지 있다. 남들은 나의 이 버릇을 기
벽이라고 하지만 내게는 고칠 생각이 없다. 내가 남의 염두에서 살

수는 없는 일이어서 그렇다.

그 버릇이라는 것이 무엇이냐 하면, 어떤 물건을 살 때마다 그 물건이 만들어진 목적 이외의 또 다른 어떤 목적에 쓰일 수 있고, 최초의 용도 이외의 어떤 용도에 대응할 수 있는지를 따지는 버릇이다. 나는 이것을 어떤 물건의 가치를 헤아리는 중요한 척도로 삼는다. 이른바 명기, 명품이라고 불리는 것에 다목적을 아우르는 예는 희귀한바, 내가 물건으로 사치하는 것으로 오해하는 일은 아주 없었으면 한다. 나의 버릇은, 우물을 파더라도 한 우물만 줄창 파야 한다는 주장과도 배치되지 않는다.

책 읽고 책 쓰는 것이 소원인 사람이라서 내 책상은 매우 크고 넓다. 그러나 내가 쓰는 책상은, 양쪽으로 서랍이 좌악 달려 있는 고급 책상이 아니다. 내 책상은 지름 30센티미터짜리 원통형 다리 여러 개 위에다 여러 개의 상판을 얹은 다목적 책상이다. 상판은 원통형 다리에 고정되어 있는 것이 아니라 그냥 얹혀 있다. 그래서 어떤 공간에도 잘 들어맞게 배치를 바꿀 수 있을 뿐만 아니라 배치하는 방법에 따라 모양이 다를 수 있으므로 회의용으로 쓸 수도 있고 식탁으로도 쓸 수 있다. 내 책상은 외부 상황 변화에 언제든 다양하게 대응한다. 박한우의 책상이 창조적 모방의 과정을 거쳐 지금 내 서재에 자리잡고 있는 것이다. 원통형 다리 열 개를 주문 제작하는 데 든 돈은 2백만 원 가까이 된다. 하지만 내가 가진 다섯 개의 상판(각각 가로 80센티미터, 세로 160센티미터)은 값으로 따지면 10만 원이 채 못 된다. 미국 대학의 '샐비지 야드(재활용 센터)'에서 한 개에 10달러씩 주고 산 것들이다.

내게는 책이 많다. 하지만 육중한 서가는 없다. 시골 작업실에는 서가 대신 가로, 세로, 높이가 각각 한 자씩 되는 작은 상자, 그 작은 상자를 두 개 붙여놓은 것과 같은 2단 상자, 작은 상자를 세 개 붙여놓은 것과 부피가 똑같은 3단 상자가 약 2백 개 정도 있다. 이 세 종류의 상자를 이용하면 어떤 공간에서든 서가를 만드는 일이 가능하다. 서가 한가운데, 30인치 텔레비전이 들어갈 공간을 만드는 것도 어렵지 않다. 3단 상자가 가름대 노릇을 하면서 아래에다 공간을 만들 수 있기 때문이다. 나는 이사 다닐 때는, 따로 합지 상자를 이용하지 않고 이 상자를 책상자로 이용한다. 단칸 상자를 주욱 늘어놓고 내 책상 상판을 그 위에 좌악 얹는다면 50인용 술상을 만드는 것도 한 시간 안에 가능하다. 나는 내 책상과 서가만큼 외부 상황 변화에 잘 대응할 수 있는 책상과 서가가 많지 않으리라고 생각한다.

가구? 내 집에 그런 것은 없다. 박한우의 집에 없는 것 중에서 내 집에 있을 뿐만 아니라 가장 귀한 대접을 받는 존재는 내 아내뿐이다.

서울 서재에는 가로 76센티미터, 세로 38센티미터, 높이 76센티미터인, 따라서 나 혼자서도 언제나 운반이 가능한 조그만 책꽂이가 1백여 개, 이것의 절반인 책꽂이가 20여 개, 또 이것의 절반인 책꽂이가 20여 개 있다. 수천 권의 책이 꽂혀 있어도 나 혼자서 언제 어디로든 옮겨 재배치하는 일이 가능하다. 주위 사람들은 나의 책꽂이 재배치를 '쾌적한 취미 생활'이라고 생각한다. 박한우의 책장을 보고 배운 것이다. 내가 가진 책장 중 50여 개는 미국에서 제재목 사다가 내 손으로 짠 것들이다.

내 책상머리 스탠드는 책상에 고정시키는 그런 스탠드가 아니다. 육중한 받침대 위에 선, 관절이 세 개나 달린 그런 스탠드다. 이 스탠드는 서재나 거실에서 쓸 수 있는 것은 물론 야간에 바깥에서 작업할 경우에도 요긴하다.

내게는 등산용품점이나 레저 용품점 앞에서 머뭇거리는 버릇이 있고, 내 아내에게는 그런 나의 손을 잡아 살며시 끄는 버릇이 있다. 내게 소형화한 다목적 용품에 대한 별난 취미가 있다는 것을 잘 알기 때문이다. 90년대 중반, 일단 가족과 함께 귀국했다가 다시 미국으로 떠나는 나에게 아내는 휴대용 코펠은 절대 사지 말라고 당부한 적이 있다. 아내는 내가 주방용 냄비 대신에 휴대용 코펠, 꽃무늬가 찍힌 유리잔 대신에 투박한 야외용 컵을 살림으로 마련할 것이라고 생각했던 것임에 분명하다. 아내는, 신신당부하지 않으면 내 거처가 삽시간에 등반대 베이스캠프가 되어버린다는 것을 잘 알고 있음이 분명하다. 나는 작은 것은 큰 것 속으로 쏙쏙 들어가는 휴대용 코펠을 왜 가정에서는 써서 안 되는지 늘 불만이다. 집에서 쓰다가 길 떠날 때 둘둘 챙겨 가지고 다니면 편리할 텐데……

이동 거리가 긴 사람들이 사는 땅이어서 그럴 것이다. 나는 미국의 공산품이 상황 변화에 대응하는 폭이 상당히 넓은 데 자주 놀라고는 한다. 미국 대부분의 가정 욕실의 거울은 그냥 벽면에 붙어 있는 것이 아니다. 거울이 벽걸이 수납장의 문을 겸하는 것이다. 욕실의 세면기는 예외 없이 소형 수납장을 타고 앉아 있다. 세면기 아래의 공간을 무의미하게 남겨두지 않는 것이다. 소파는, 고가의 고급 제품은 제외하면, 펼치면 침대가 되는 것이 보통이다. 그래서 웬만한 가정에서도 손님 서넛 재우는 것은 문제가 안 된다. 정원이 있는 미국의 가정은 대개 나무의 가지를 치기 위한 사다리와, 자른 가지를 창고까지 운반하기 위한 외발 리어카가 한 대씩 있는 것이 보통이다. 최근에는 사다리와 리어카를 겸하는 장치가 시판되고 있다. 밀고 갈 때는 분명히 리어카인데 나무 밑에서 쑥 잡아 뽑으면 사다리가 되는 것이다. 집주인은 그 사다리를 타고 올라가 나뭇가지를 잘라내고는 나무 밑에서 토막친 다음 리어카에 싣고 유유히 돌아온다. 길 가다가 그걸로 작업하는 사람을 보고, 굉장히 편리한 장치이군요 했다가 주인이 근 20분 동안이나 얼마나 편리한지 설명하는 바람에 곤욕을 치른 적이 있다.

최근 미국에서는 다목적용 자동차가 큰 인기를 끌고 있다. 출퇴근용 승용차 따로, 가족 레저용 따로, 장보기 세컨드 카 따로, 이렇게 마련하고 있던 사람들이 다목적용 자동차 두 대로 통합하는 경향을 보이고 있는 것이다. 나는 그런 경향을 보면서 한국에서 봉고가 베스트셀러가 되던 해의 봉고 신화를 떠올리고는 한다. 봉고 신화의 요체는 '기능 통합을 통한 다양한 상황에의 대응'이 아니었을까 싶다.

나라를 드나드는 일이 잦아서 내게는 여행 가방도 여러 개 있다. 바퀴가 붙어 있는 큰 트렁크 두 개와 작은 트렁크 하나, 그리고 노트북 컴퓨터 가방, 이렇게 해서 가방이 모두 네 개나 된다. 내 여행 가방이 여느 여행 가방과 조금 다른 점은 큰 트렁크 두 개의 크기가 같지 않다는 것이다. 정확하게 말하면 하나는 여느 트렁크와 비슷한데 다른 하나는 폭이 좁은 대신에 훨씬 높고 두껍다. 여행할 때마다 짐을 짜보면 길이가 모자라서 아쉬울 때도 있고 폭이 모자라서 아쉬울 때도 있다. 하지만 내 트렁크 두 개는 각각 수용할 수 있는 짐 크기가 달라서 여간 편리한 것이 아니다. 소형 트렁크도 여느 트렁크와는 조금 다르다. 내가 가지고 다니는 소형 트렁크 측면에는 매우 튼튼한 강철 프레임이 들어 있어서 눕혀놓으면 훌륭한 의자가 된다. 그래서 공항 같은 데 의자의 빈자리가 없어도 결코 신문을 깔고 앉는 따위의 점잖지 못한 짓은 하지 않는다. 이 트렁크 세 개에는 각기 걸쇠가 달려 있어, 남들은 공항 같은 데서 카트를 이용하지만 나는 걸쇠를 하나씩 차례로 걸고 맨 앞의 있는 것만 잡아끈다. 그러면 큰 가방, 작은 가방, 컴퓨터 가방까지 줄줄 딸려와 공항에서도 굳이 카트 같은 것은 이용하지 않아도 된다. 필요 없을 경우 작은 트렁크는 두 개의 큰 트렁크 어느 것에도 집어넣을 수 있다는 것도 이 트렁크의 큰 장점이다. 박한우, 그는 많은 것을 도둑맞았다.

내 짐 속에는 항상 배낭이 하나 들어 있다. 여느 배낭이 아니다.

그렇다고 매우 비싼 배낭도 아니다. 이 배낭에는 여러 가지 좋은 점이 있다. 첫째는 크기가 엄청나게 크고 주머니가 많을 뿐만 아니라 완전 방수포로 만들어져 비 맞아도 끄떡없다는 것이다. 나는 이 배낭 하나에 컴퓨터는 가방째, 몇 권의 책, 옷가지 등속, 심지어는 정장용 양복까지 한 벌 넣어 둘러메고 한 주일 이상 일본을 여행한 일이 있다. 정장하고 점잖은 자리에 간 날도 나는 배낭을 메고 가지 않았다. 배낭은 편리하기는 해도 정장 차림과는 어울리지 않는다. 하지만 내 배낭은 멜빵을 속으로 집어넣어버리고 어깨끈을 꺼낼 수 있게 되어 있다. 그래서 한쪽 어깨에 둘러메면 배낭은 영락없는 숄더 백이 된다.

내 배낭 한쪽 주머니에는 두 평 크기의 천막 덮개가 들어 있다. 착착 접으면 크기는 도시락만하다. 펴면 훌륭한 야외용 돗자리가 된다. 배낭의 또 한 주머니에는 굵은 로프 하나와 몇 개의 가는 로프가 들어 있다. 비가 오면 일단 굵은 로프를 나무와 나무 사이에다 빨랫줄처럼 매고는 이 천막 덮개를 위에다 걸친다. 그리고 작은 로프 여러 개로 이 덮개를 팽팽하게 당겨 지면에다 고정시키면 덮개는 순식간에 A텐트로 변한다. 졸지에 쏟아진 소나기 때문에 내 천막 신세를 진 사람은 한국에도 많고 미국에도 많다. 이사하는 날 마침 비가 쏟아져 이삿짐을 덮는 데 더없이 생광스럽게 쓴 적도 있다. 이것은 순전히 내 독창성의 산물이다. 하지만 지금쯤은 박한우도 이런 것을 하나 가지고 다닐 것이라 확신한다.

내가 입는 여름용 재킷이나 겨울용 파카 역시 다목적이다. 나들이할 때는 물론 낚시 갈 때도 입고 등산 갈 때도 입는다. 겨울 파카의 경우 고깔을 떼어버리면 공식 만찬 때 정장 위에 껴입고 나가도 손색이 없다. 만찬장 들어갈 때 벗어버리면 내가 뭘 입고 거기까지 왔는지 누가 알 것인가. 내가 신고 다니는 거의 모든 구두는 등산용과 낚시용을 겸한다. 그래서 이런 차림으로 나다니는 나를 보고 친구들은 탐험 대장 같다고 한다. 하지만 정장해야 할 자리에 탐험 대장 모습을 하고 나타나지는 않는다.

여행할 때마다 내가 꼭 가지고 다니는 전자 자명시계는 소형 전등을 겸한다. 전등은, 일본의 한 낯선 여관에서 한밤중에 제값을 톡톡히 한 적이 있다. 최근에는 건전지 없이도 쓸 수 있는 손전등을 하나 구입했다. 이 프랑스제 손전등에는 발전기가 붙어 있다. 손아귀 힘으로 꾹꾹 눌러주기만 하면 희미하게나마 앞을 밝힐 만하다.

사진집을 내는 것이 소원인 나는 여러 대의 카메라를 가지고 있다. 바야흐로 디지털 카메라가 컴퓨터와의 접속이 쉽고 편리한데도 불구하고 필름 카메라를 고집하는 사람들이 있지만 나는 둘 다 쓴다. 디지털 정보는 사용하기에는 편리해도 정보의 관리를 겹겹으로 해두지 않으면 늘 불안하다. 그래서 나는 포지티브 필름을 쓰는 카메라와 대형 디지털 카메라 둘 다 가지고 다닌다. 그러자면 장비 관리와 운반이 늘 힘에 겨웠다. 무거운 카메라 가방을 늘 어깨에 메고 다니지 않으면 안 되었다. 그런데 5년 전 박한우가 나에게 선사한 프랑스제 가죽 조끼가 이 까다로운 문제를 풀어주었다.

이 조끼는 아주 두꺼운 가죽으로 만들어져 있어서 여간 튼튼하지 않다. 게다가 큰 주머니, 작은 주머니가 여러 개 달려 있다. 가장 큰 주머니에는 2백 밀리 렌즈가 쑥 들어간다. 중간 크기 주머니에도 105밀리 마이크로 렌즈나 35~70 렌즈가 들어간다. 등에도 거대한 주머니가 달려 있어 삼각대를 넣을 수도 있다. 백과사전 두 권쯤 넣을 수도 있다. 어깨에는 상당히 튼튼한 쇠고리가 달려 있다. 나는 오른쪽 고리에는 필름을 쓰는 카메라를, 왼쪽 쇠고리에는 디지털 카메라를 걸고 다닌다. 필름 카메라 바로 아래에 붙어 있는 주머니는 스무 통 정도의 필름을 넣을 수 있을 정도로 크다. 디지털 카메라 바로 아래 붙어 있는 주머니에는 디지털 사진 정보를 저장할 수 있는 '포토테이너'가 들어 있다. 이 포토테이너에는 정교한 인화도 가능한 사진 정보를 수천 장 저장할 수 있다. 내 조끼는 이미 조끼가 아니다. 조끼로 진화한 배낭인 것이다.

나는 여행할 때면 꼭 두 개의 컨버터를 가지고 다닌다. 만능 전기선 접속 변환기와 전화선 접속 변환기가 그것이다.

나라에 따라 벽에 내장되어 있는 전기 콘센트가 다르다. 우리나라의 경우 110볼트 전기를 쓸 때의 콘센트와 220볼트 쓸 때의 콘센트가 다르다. 따라서 플러그도 당연히 다르다. 110볼트를 쓰는 미국이나 일본, 오스트레일리아의 플러그 단자는 얇은 두 개의 철판으로 되어 있다. 우리가 과거 110볼트 시절에 쓰던 것이 바로 이것이다. 220볼트에 쓰이는 플러그는 두 개의 원통꼴 단자로 이루어

저 있다. 유럽이나 중동에서 쓰이는 플러그가 바로 이것이다. 영국이나 아프리카 여러 나라의 플러그 단자는 순가락총처럼 뭉툭하다.

이 때문에 사정을 잘 모르는 여행자들은 자기 나라에서 가지고 간 컴퓨터나 면도기 같은 것을 쓸 수 없어 여간 애를 먹는 것이 아닌데, 바로 이런 불편을 해소하기 위해 고안된 것이 여행자용 만능 변환기이다. 크기가 주먹만한 이 물건에는 어떤 콘센트에든 꽂을 수 있는 여러 개의 플러그가 내장되어 있다. 뿐만 아니라 전압도 간단하게 조절해준다. 전화선 접속 플러그 변환기도 마찬가지 기능을 한다. 따라서 이 두 개의 변환기만 가지고 다니면 세계 어느 나라에서든 컴퓨터 모뎀을 이용한 통신이 가능하다.

나는 네덜란드인들을 만날 때마다 자주 놀라고는 한다. 내가 알고 있는 사람 중에 네덜란드 사람이 둘 있다. 한 사람은 20년 전에 미국으로 이민온 사람, 또 한 사람은 10년 전에 미국으로 건너와 학부와 석·박사 과정을 마악 마친 사람이다. 이 두 사람의 특징은, 모국어인 화란어는 물론, 영어와 불어와 독일어를 기본적으로 모국어 비슷하게 구사한다는 점이다. 불어와 독일어는 잘 모르겠지만 내가 들어본 그들의 영어는 약간 뻑세다는 느낌을 줄 뿐, 동양인으로서는 쉽게 흉내낼 수 있는 영어가 아니었다. 나는 그들을 만날 때마다 유니버설 컨버터를 떠올리고는 한다. 나는 이 시대의 각 분야는 좌타와 우타를 겸하는 스위치 타자를 요구하고 있다고 생각한다. 바야흐로 유니버설 컨버터, 어떤 콘센트에도 대응하는

플러그가 필요한 시대가 올 것이라고, 아니 와 있다고 나는 생각
한다.

　미국을 떠나온 지 4년이나 되었다. 불쑥불쑥 날아들어오는 박한
우의 전자 우편에 따르면 그는 돌므상에게서 가짜 메시아가 아닌
진짜 메시아의 길을 발견한 것 같다. 그는 한 지역을 여행하면서
함께 간 사람들의 정신을 천천히 그러나 아주 확실하게 고양시키
는 법을 거의 터득한 것 같다. 그는 자신의 양떼를 위한 초원을 거
의 오대양 육대주에서 찾아내고 있는 것 같다. 세계는 매우 넓은
만큼 그가 이 세상에 살고 있는 한 초원이 고갈되는 일은 없을 것
이라고 나는 확신한다.

　사기 행각으로 구속되기는 했어도 돌므상은 박한우에게 그리고
나에게 여행의 중요한 한 방식을 가르쳐준 것 같다. 박한우에 견주
면 아직 신들메를 매기에도 부족하지만 나도 여행을 자주 한다.
혼자일 경우도 있고 동행이 있을 경우도 있다. 직업적인 '루트 디
자이너'는 아니지만 내 경험을 필요로 하는 사람도 있어서 여정(旅
程) 디자인에 참가하기도 한다. 나는 사람들을 이집트로 데려가기
를 좋아한다. 이집트에 가면 기가 죽는다. 'BC 7천 년' 'BC 5천
년'이라는 말을 예사로 쓰는 나라가 이집트다. 동행이 있으면, 나
는 그들에게 고대 이집트의 석상을 유심히 보아둘 것을 주문한다.
하셉수트 장제전(葬祭殿)을 비롯한 옛 신전들의 기둥을 잘 보아둘
것을 주문하기도 한다. 그리스 여행 때 매우 요긴하기 때문이다.

그리스로 들어가면 크레타 섬을 먼저 간다. 크레타 섬은 아프리카 문화와 유럽 문화의 접점에 위치한다. 그래서 크레타에서 꽃핀 크노소스 문명은 그리스적인 동시에 이집트적이기도 하다. 나는 그리스 내륙에 도착하자마자 공항에서 가장 가까운 아테네의 석회석 산 아크로폴리스로 데려가는 짓은 절대로 하지 않는다. 아테네의 호텔에서 하룻밤을 묵는 일이 있어도 아크로폴리스를 먼저 보여주지는 않는다. 대신 규모가 크지 않은 수니온의 포세이돈 신전, 델포이의 아폴론 신전, 올림피아의 제우스 및 헤라 신전, 브라브로나의 아르테미스 신전, 에피다브로스의 원형 극장 같은 것을 먼저 보여준다. 그러면 동행들은, 규모는 별거 아니네, 이런 인상을 받는다. 하지만 동행을 이끄는 나에게 그런 내색을 하는 경우는 거의 없다. 그러다 마지막으로 아크로폴리스의 파르테논으로 오르면 대개의 경우, 입들이 쩍 벌어진다. 그 장엄한 규모와 아름다움에 거의 모든 사람들이 압도당하고 마는 것이다. 아크로폴리스를 먼저 보여주고, 앞에 열거한 신전을 보여주는 경우 여행자들 상당수가 심드렁해지고 만다.

나는 여정의 순서를 정할 때마다 돌므상을 생각한다. 이집트, 그리스, 이탈리아, 프랑스…… 나는 이 순서를 가장 좋아한다. 이집트 석상의 뻣뻣한 두 다리가 그리스 석상에서는 어떻게 부드럽게 풀리는지 그것 보여주기를 좋아한다. 나는 그리스나 터키의 수많은 명품 대리석상들이 왜 다른 나라의 박물관에 있는지 설명하기를 좋아한다. 나는 도자기나 묘비에서 싹튼 그리스의 조잡한 민중 예술이 로마 시대를 거쳐 프랑스에서 어떻게 화려하게 꽃피웠는지 보여주는 것을 좋아한다. 루브르 박물관이 소장하고 있는 18세기의 아름다운 석상은 18세기까지도 그리스와 로마의 고대 신화의 명줄이 끊기지 않았음을 뜻한다.

그리스에서 이탈리아로, 이탈리아에서 프랑스로, 프랑스에서 영국으로 여행하는 경우 내 귀는 걷잡을 수 없이 행복해진다. 나는 시건방지게도 이것을 '언어 고고학 여행'이라고 부른다. 그리스 어느 문화의 중심 이동 경로를 따라 진화한 듯하다. 하지만 같은 뿌리에서 나온 말을 쓰고 있으면서도 그리스인들은 현대 영어를 알아듣지 못하고 영국인들은 그리스 말을 알아듣지 못한다. 써놓고 가만히 들여다볼 때만 그 의미가 희미하게 전해질 뿐이다.

나는 세계 여러 나라를 여행할 때면 그 나라에 사는 한국인 만나기를 즐긴다. 나는 박한우를 선각자로 받들 듯이 그들 역시 선각자로 떠받들고 싶어한다. 그러나 우르르 몰려다는 한국인 여행자들은 별로 좋아하지 않는다. 몰려다니는 여행자들에게는, 외국의 문화와 독대하기를 두려워하는 속성이 있다. 문화의 한 형식인 음식에 대해서도 같은 말을 할 수 있다. 우르르 몰려다니는 사람들은 외국에 있는 한국 음식점을 즐겨 찾는다.

나는 라면, 고추장, 들깻잎 절임, 마늘 장아찌, 김치 항아리 같은 것을 짊어지고 다니지 않는다. 남의 나라 식탁에다 한국 음식으로 냄새를 피우는 짓은 좀처럼 하지 않는다. 호텔 객실에서 라면, 김치찌개, 된장찌개 끓이는 짓 같은 것도 하지 않는다. 이 세 가지의 냄새, 다른 나라 사람들에게는 거의 악몽이다. 한국인들이 몽골의 전통 가옥 게르 안에서 라면을 끓이면 몽골인들은 게르에 들어오지도 못한다. 매운 냄새 때문이다.

6, 70년대에 외국을 여행한 사람들은 우리나라에 그리 많지 않다. 나라의 감시 때문이기도 했고, 어려운 살림살이 형편 때문이기도 했다. 어렵사리 외국을 여행한 사람들은 앞다투어 기행문을 책으로 펴냈다. 나는 그런 기행문이나 여행기를 통하여 그 시절의 아메리카와 유럽의 풍물과 풍속을 익혔다. 그 시절 기행문이나 여행기에 단골로 등장하는 메뉴가 하나씩 있었다. 외국인들로부터 일본인이냐, 중국인이냐는 질문을 받고는 속이 상했다는 이야기가 그것이다. 한국이 상대적으로 세계 여러 나라에 덜 알려져 있다는 것에 그렇게 많은 여행자들이 자존심의 상처를 입은 것으로 여겼던 모양인데, 지금 가만히 생각해보면 굳이 그렇게까지 아파할 필요가 있었을까 싶다. 나도 그런 질문을 많이 받았다. 저쪽에서 일본인이냐고 물어와도, 중국인이냐고 물어와도 나는 약이 안 오른다. 우리나라가 아직 널리 알려져 있지 않구나, 이런 생각이 들 뿐, 마음에 앙금 같은 것은 남지 않는다.

"한국인이시구나, 그렇죠?"

5, 6년 전 미국의 백화점 계산원으로부터 받은 질문이다.

"어떻게 알았지요?"

내 질문에 젊은 여성이 대답했다.

"뭐랄까, 자신감 같은 게 엿보이거든요."

자신감 같은 게 엿보이는 거야 나쁠 것 없지. 기분이 썩 괜찮았다.

월드컵 대회가 열리던 해, 연하의 친구들과 함께 그리스와 이탈리아를 여행했다. 로마에서는 약간 긴장했다. 월드컵 때 우리가 축구를 이겨먹어서 이탈리아인들이 한국인들을 별로 안 좋게 생각한다는 소문이 있었기 때문이다. 그래서 젊은 관광 안내자에게 물어보았다. 지금도 이탈리아인들이 한국인들을 벼르고 있느냐고. 한국인 안내자들의 대답이 걸작이었다.

"애들, 벌써 다 까먹었어요. 얼마나 잘 까먹는데요?"

연하의 친구들과 함께, 로마의 광장에 면한 야외 식당에 자리를 잡았다. 쾌활한 급사가 차례로 주문을 받더니 내 앞에 이르자 물었다.

"한국인들이죠, 그렇죠?"

어떻게 알았지요? 나는 약간 긴장한 채 반문했다.

"월드컵에서 우리 이탈리아를 이겼잖아요? 한국인들, 영어 끝내주게 잘하고, 자신만만하잖아요?"

내 짐작이 옳았다. 일본인이에요, 중국인이에요, 이런 질문을 받고 상처입은 것은 우리의 피해의식 때문이었기가 쉽다.

나는 오히려 국내에서 차별 대우를 많이 받는다. 좀 나은 호텔 찻집에서 찻값 치르려고 지갑을 뽑아들고 서면 계산원들은 십중팔구 일본어로 찻값을 댄다. 울긋불긋한 옷 입는 것도 마다하지 않기 때문일 것이다. 경주의 한 가게에서 생수 한 병을 집어들고는 가게 여주인 앞에서 지갑을 빼들었다. 여주인이 대답 대신 지아비를 불러다 대었다. 지아비가 불려나와 생수 값을 말해주었다.

"센 고햐쿠 온데스(천5백 원입니다)."

경주에서까지 이런 봉변을 당하고 나서야 나는 그 까닭을 알았다. 카메라 때문이었기가 쉽다. 나는 카메라를 목에 걸고 다니기를 좋아한다.

카메라를 두 대씩이나 메고 파리의 샹젤리제 거리를 걸었다. 노천 음식점의 야외 식탁에 백발 성성한 노인들이 앉아서 나를 바라보고 있다가 그중 한 노인이 나를 향하여 일본말로 소리쳤다.

"아리가토우 고자이마스(파리를 찾아주어서 고맙습니다)."

나는 즉석에서 칼같이 응수, 파리 노인들의 박수를 받았다.

"메르시 보쿠 고자이마스(가므사하므니다)!"

박한우 덕분에 나는 예전과는 전혀 다른 인간이 되어 있다. 아무래도 그의 일부가 내 안으로 쑥 들어와버린 것 같다. 하지만 박한우의 다른 부분은 여전히 새로운 풀밭을 찾아 세계를 떠돌고 있을 것이다. 나 또한 나의 초원을 찾아 떠날 것이다.

'나의 시대'에 대하여

나만 그렇게 생각하는 것일까? 누구나 다 그런 생각을 하는 것일까? 누구나 다, 자기가 속한 세대를 '이상한 세대'로 규정하는 것일까?

나는 '이상한 세대'에 속한다. 호롱불 밑에서, 굵은 붓글씨로 된 『천자문』을 읽었다. 애국가 배우기도 전에, 왕조 시대 아이처럼 웃기게 이런 노래를 불렀다. 인생의 목숨은 조로(朝露)와 같고, 이씨 조선 오백 년 양양하도다, 이 몸이 죽어서 나라가 산다이면 아아 이슬같이 죽겠노라…… 어렴풋하게나마, 전쟁 기억도 남아 있다. 소년 시절에는 과거의 언어 일본어를 독습했다. 아무래도 미래의 언어일 것 같아 영어도 독하게 공부했다. 남의 나라 말에 발목을 오래 붙잡혀 있었다. 내 땅에 살면서 남의 나라 말로 사유했다. 그러면서 문화의 주변부를 오래 떠돌았다. 지난 세기의 마지막 9년 동안 외국에서 살았다. 새 세기의 3분의 1도 나라 밖을 떠돌면서 보냈다. 호롱불 밑에서 『천자문』을 읽던 그 아이 앞에는 지금 전기를 먹는 기계가 잔뜩 놓여 있다. 컴퓨터와 필름 스캐너와 프린터와 복사기와 평판 스캐너와 디지털 카메라가 즐비하다. 21세기를 좇아가려니 숨이 가쁘다. 내 몸은 19세기와 20세기와 21세기가 함께 흐르는 강 같다.

자기가 속하는 세대를 '이상한 세대'로 규정하는 그 아이가 50대 중반이 되었다. 이 소설은 그 아이가 그려낸, 네 사람의 초상화다. 첫번째 초상의 단초는 문학평론가 이재룡 교수(숭실대)가 제공했다. 네번째 초상에 등장하는 '돌므상 남작' 이야기의 원고는 문학평론가 황현산 교수(고려대)가 전송해주었다. '문지'와는 인연이 없었는데 문학평론가 우찬제 교수(서강대)가 끈을 이어주었다. 세상에, 문학평론가 세 사람의 도움을 받아가면서 소설 쓴 사람도 있네? 나는 아무래도 '이상한 세대'에 속하는 '이상한 소설가' 같다.

이제 떠나보낸다.

2003년 가을 과천 과인재

이윤기